안녕, 나의 빨강머리 앤

안녕, 나의 빨강머리 앤

1판 1쇄 발행 2020년 8월 1일
1판 5쇄 발행 2022년 7월 1일

지은이 백영옥
펴낸이 김영곤
펴낸곳 (주)북이십일 아르테

책임편집 이지혜 인수
문학팀 김지연 원보람 권구훈
출판마케팅영업본부장 한충희
마케팅2팀 나은경 정유진 백다희 이민재
출판영업팀 최명열 김다운 권채영 김도연
제작팀 이영민 권경민

출판등록 2000년 5월 6일 제406-2003-061호
주소 (우 10881) 경기도 파주시 회동길 201(문발동)
대표전화 031-955-2100 **팩스** 031-955-2151

ISBN 978-89-509-8922-4 03810

아르테는 (주)북이십일의 문학 브랜드입니다.

안녕,

나를 처음 사랑하기 시작하는 나를 만나다

나의 빨강머리 앤

백영옥 에세이

arte

"엘리자가 말했어요.
세상은 생각대로 되지 않는다고.
하지만 생각대로 되지 않는다는 건 정말 멋지네요.
생각지도 못했던 일이 일어나는걸요."

나의 슬픔까지 안아주는 친구, 빨강머리 앤을 다시 만나다

어릴 적 잊히지 않는 기억 하나가 있다. 학교에 가기 싫어 차고에 종일 숨어 있다가 나온 일. 그 어두운 차고에서 쥐약을 먹은 고양이 해피의 죽음을 목격했던 일. 나는 아직 부릅뜬 그 어린 눈을 기억한다.

어떤 일들은 '기억나고야' 만다. 아무리 깊은 기억의 창고 속에 숨겨두어도 예고 없이 찾아와 기어이 문을 열고 만다. 그렇게 열린 문틈으로 어둠은 때때로 나를 뒤흔들곤 했다. 그러니 어린 내게도 나를 지켜줄 무언가가, 폭우가 몰아치는 날 무조건 나를 지켜줄 무엇이 절실했다. 빨강머리 앤이 나에게 해준 말을 기억의 창고에 모아 두어야겠다는 생각은 그때 내 안을 파고들었다.

내 맘대로 되는 것 하나 없던 날, 다친 곳을 한 번 더 크게 다친 날, 다시 빨강머리 앤을 만났다. 이미 어른이 되어버린 나를 내 안의 작은 아이가 끌어안으며 말했다. 어른이 되어서도 우리는 여전히 넘어지고 배우며 자라는 중이라고.

『빨강머리 앤이 하는 말』을 낸 후, 많은 독자들을 만났다. 기억나는 일이 많지만 지방 강연 중 만난 한 독자의 말이 또렷이 떠오른다.

> "앤이 건넨 말을 읽다가 많이 울었어요. 저는 이 책을 읽고 다시 살고 싶어졌습니다."

앤의 어린 시절 얘기를 해보아야겠다고 생각한 건 해야 할 말이 아니라, 내게 아직 듣고 싶은 말이 있어서란 걸 알게 됐다. 고통과 슬픔이 이 세상에 너무도 많다는 사실 때문에 아무리 다짐을 해도 몇 번씩 무너지는 우리지만, 그럼에도 불구하고 아무것도 하지 않으면 어떤 일도 일어나지 않을 거란 걸 알고 있는 우리들이기 때문에.

고통 앞에서 우리가 할 수 있는 건 우선 원망하는 일이다. 그러나 고통과 상실에 관한 많은 책을 읽고 쓰며 내가 알게 된 건, 모든 고통에는 '의미'가 있다고 믿어야 살 수 있다는 것이다.

깨진 잔 속의 물은 엎질러졌다. 쏟아진 물 앞에서 울음을 터뜨린들 주워 담을 수 없다. 그러니 우리가 할 수 있는 건 직접 깨진 잔을 치우고 쏟아진 물을 닦는 것뿐이다. 그 어떤 경우에도 해결책은 내 밖의 과거에 있지 않다. 지금 이 순간의 나에게 있을 뿐이다. 그걸 믿어야 조금씩 앞으로 나아갈 수 있다. 우리가 기억해야 할 유일한 것은 그 어떤 것도 당연하지 않다는 것. 컵은 언제든 깨질 수 있다는 걸 아는 것. 깨진 컵을 주워 담고 쏟아진 물을 닦는 지금이 없는 한, 미래는 허상일 뿐이라는 걸 아는 일이다.

낙천성은 운 좋게 타고나는 것이지만, 낙관성은 훈련으로 키울 수 있다. 애초에 스트레스 받지 않는 낙천성이 아니라, 스트레스 속에서도 살아갈 수 있다는 낙관성. 우리가 평생 배우고 익혀야 할 것은 그것이다. 세상 그 어떤 것도 당연한 것으로 받아들이지 않을 때, 우리는 비로소 매 순간 살아 있을 수 있다. 그리고 그것은 어린 앤이 내게 온몸으로 보여준 진실이었다. 살

아 있는 모든 존재에게 이름을 붙이는 그 여린 손길이 속삭였던 진실 말이다.

이 어린 현인을 보며 다짐했다. 그러니 많은 것을 가지고 크게 외치는 걸 지혜라 불러선 안 된다고.

초록색 지붕집에 오기 전, 빨래를 마르게 하는 바람에게도 '제인'이라는 이름을 붙이던 이 작은 아이의 얘기를 더 듣고 싶다고 생각한 건, 힘겨웠던 과거가 지금의 앤에게는 '트라우마'가 아닌 '강한 동기'가 될 것이라는 걸 믿고 싶었기 때문이다.

위안은 찾아오는 게 아니라 발견하는 일에 가깝다. 공기처럼 늘 내 곁에 머물러 있지만 사라진 후에야 기억하는 많은 것들이 그렇다. 깊은 내 어둠을 잠재워줄 존재는 그러므로 '이미 내가 아는 것들', '내 안에 존재했던 것들'이다. 『빨강머리 앤이 하는 말』이 나온 후, 푸나 보노보노처럼 어린 시절 불안을 잠재우던 수많은 동물 친구들이 등장한 건 그런 이유라고 생각한다.

이제 나는 영화 〈인사이드 아웃〉의 주인공 라일리의 상상 친구 '빙봉'처럼 세상엔 '기쁨만 넘치는 것'이 아닌 '슬픔'도 함께 있으며, 나의 슬픔이 옛 친구를 다시 불러 모은다는 걸 알 만한 나이에 다다랐다. 그리고 당신도 그렇다.

슬픔이 끝나는 건 슬픔이 사라지는 순간이 아니라,
내 눈물을 닦아줄 친구가 옆에 있을 때뿐이라는 걸.

이 책을 읽는 일이 앤이 우리에게 그런 친구였다는 걸 다시 발견하는 일이었으면 한다.

차례

있는 그대로의 나를 더 나답게 만드는 것

너와 나 사이의 거리를 이해할 수 있다면

삶에 힘을 주는 적당한 온도

당신이 '안녕'하길 바라는 마음으로

나가는 말

희망의 종류를 바꾸는
용기

고집스러운 기쁨이란
'그럼에도 불구하고 이것도 나쁘지는 않아!'라는 태도,
막다른 벽에 부딪혔을 때,
희망의 종류를 바꾸는 용기일지 모른다.
그럴 때 삶의 또 다른 기쁨이 열린다.

"앤! 물을 긷는 데 왜 이리 오래 걸리는 거니?"

"벚꽃이 너무 예뻐서 지나칠 수가 없었는걸요!"

고집스러운 기쁨

"우리는 과감히 기쁨을 추구해야 한다.
쾌락 없이는 살 수 있지만, 기쁨 없이는 안 된다.
이 세상이라는 무자비한 불구덩이에서
고집스럽게 기쁨을 받아들여야 한다."

잭 길버트의 시 「변론 취지서」를 읽으며, 나는 '고집스럽게 기쁨을 받아들여야 한다'는 문장 앞에 오래 서 있었다. '고집스러운 기쁨'이야말로 빨강머리 앤을 한마디로 정의하는 문구 같았기 때문이다.

앤이 막 옹알이를 시작할 무렵 부모님이 모두 열병으로 세상을 떠난다. 가정부였던 조애너 아주머니의 집에서 자라지만 형

편이 넉넉지 않은 탓에 앤은 여섯 살 무렵부터 청소하고, 장작을 옮기며 자기 또래의 아이들 넷을 돌본다. 어린 앤이 살아가는 환경은 지금이라면 아동 학대라고 볼 정도로 가혹하다. 그런데 놀라운 건 이 아이가 늘 '슬픔'이 아닌 '기쁨'을 선택한다는 것이다.

앤은 하루를 힘겹게 견디는 것이 아니라, 자신만의 기쁨으로 채워나간다. 찬 손을 호호 불며 '난 왜 엄마 아빠도 없이 매일 구박만 받으며 살까' 하고 눈물을 글썽일 법도 한데, '강에서 물 길어오기는 힘들지만 가는 길에 예쁜 벚꽃이 피어서 기뻐!' 하고 웃는 것이 바로 앤이다. 앤이 힘든 여건에서도 건강할 수 있었던 건 태어나자마자 세상을 떠난 부모 탓, 매사 구박하는 조애너 아주머니나 술주정뱅이 버트 아저씨 탓을 하지 않았기 때문이다. 그 모든 불행의 원인을 자신에게 돌리고 자기혐오로 빠지지 않았기 때문인 것이다.

어릴 때 경험한 가난 때문에 돈 없는 게 너무 무섭다는 사람이 있는가 하면, 같은 이유로 돈이 없어도 무서울 게 없다고 생각하는 사람도 있다. 이런 차이는 왜 생기는 걸까. 사람마다 스스로를 보호하기 위해 쓰는 방어기제가 다르기 때문이다. 앤의 주요 방어기제는 상상력과 승화였다.

“늘, 언제라도 기쁨을 찾아보자!”

‘자연스러운 기쁨’과 ‘고집스러운 기쁨’은 다른 것이다. 힘들고 괴로운 상황에서도 매 순간 아름다운 노을을 보거나 아침의 새소리를 들으며 인간으로 사는 기쁨을 발견하는 것, 그것이 고집스러운 기쁨이다. 이루어지지 않더라도 기대하는 힘, 이것이 삶에 대한 앤의 태도였다.

살다 보면 예상치 못한 일로 꿈을 잊고 기쁨을 잃는 경우가 많다. 몇 년 전 미국 여행에서 강단에 서길 꿈꾸며 유학을 왔지만 관광버스에 선 남자를 보았다. 그는 대학 강단 대신 관광버스에서 미국 문화에 대해 설명하는 유쾌한 가이드가 되어 강사 못지않게 멋진 모습으로 살고 있었다. 오디션 프로그램에서도 아이돌의 꿈을 이루지 못해 트로트 가수로 전향한 출연자가 적지 않다.

고집스러운 기쁨이란 ‘그럼에도 불구하고 이것도 나쁘지는 않아!’라는 태도, 막다른 벽에 부딪혔을 때, 희망의 종류를 바꾸는 용기일지 모른다. 그럴 때 삶의 또 다른 기쁨이 열린다.

"정말 별난 녀석이로군.
이런 집안에서 너는 어떻게 항상 즐거운 듯이 있을 수 있지?"

"저는 상상해요. 노아가 제 아기라는 상상을요.
그러면 노아가 귀엽게만 보여요.
아저씨도 해보실래요?
상상 말이에요. 모든 일이 즐거워져요."

"나한테는 어려운 일 같구나."

"하나도 안 어려워요.
되고 싶은 사람을 떠올리면 되는 거예요."

"이렇게 좋은 날은
내가 빨강머리라는 걸 잊어버릴 것만 같아!"

어차피 우리는 지금을 살아갈 뿐

51세에 은퇴한 지인이 있다. 30대부터 은퇴가 꿈이었던 그는 "은퇴하면……"이라는 말을 입에 달고 살더니 정말 조기 은퇴했다. 말뿐인 은퇴를 실제 행동으로 옮기는 사람을 한 번도 본 적이 없어서 솔직히 놀랐다. 자발적 은퇴자인 그의 꿈이 세계 일주라는 것은 귀에 딱지가 앉도록 들어 이미 알고 있었다.

흥미로운 건 은퇴만 하면 멀리 떠날 줄 알았던 그가 여전히 한국에 있다는 것이다. 언젠가 이유를 물었더니 비행공포증이 생겼다고 했다. 비행기를 타면 숨쉬기도 힘들고, 기체가 조금만 흔들려도 온몸이 뻣뻣해져 공황장애가 오는 것 같다는 것이다. 병원에 가도 딱히 이유를 알 수 없다가 어느 날 이전에 비해 가진 게 많은 자신의 모습이 보였다고 했다. 사는 게 힘들고 일

이 안 풀릴 때는 죽음에 대한 두려움이 없었는데, 시간과 돈이 있는 지금은 그걸 누리지 못하고 죽게 될까 봐 생전에 없던 공포가 생겼다며 그는 씁쓸히 웃었다.

그가 고등학교 교과서 중 아직 버리지 못한 게 있는데 바로 지리과 부도였다. 페루, 터키, 뉴질랜드, 남아프리카 공화국……. 어려서부터 그는 늘 가보고 싶은 곳을 찾아 지도에 그곳의 지명을 표시했다.

"아주 오래전부터 인도양에 있는 크리스마스섬에 꼭 가보고 싶었거든. 이름이 예쁘잖아. 근데 이제 그 풍경이 궁금하지 않아. 구글 맵의 로드뷰로 다 봤거든. 거길 굳이 꼭 가봐야 하나 싶은 생각도 들고."

그는 살아보지 않은 나이를 예상하고 예측한다는 게 간단치 않다는 말도 했다. 어차피 살 수 있는 건 지금뿐이란 생각이 든다는 것이다. 그런데도 너무 악착같이 평생 '은퇴하면'이라는 주문 속에 현재를 구겨 넣은 것 같다고도 했다. 그의 말에 돌이켜 보니 나 역시 그랬다. 오랫동안 내게 현재는 그저 힘든 고통의 과정일 뿐이고, 내 진짜 삶은 언제나 미래에 있을 거라 믿었던 것이다.

우리는 많은 가정법 안에 산다. '이것만 끝내면', '이번만 참으면'이란 말 속에 종종 시간을 흘려보낸다. 하지만 인생에서 정말 소중한 것들, 가족과 친구, 건강은 나를 그저 기다려주지 않는다. 취업했고, 이사했고, 은퇴도 했으니 이제부터 불행 끝, 행복 시작일까. 늙은 부모는 내가 부자가 될 때까지 기다려주지 않고, 빠르게 크는 아이들은 함께 놀아줄 시간이 생길 때까지 나를 기다려주지 않는다. 가장 소중한 것들은 순차적인 방식으로 얻기 힘들다. 그러니 결심했다면 내일이 아니라 바로 지금 시작해야 한다.

집에 돈이 없어 소풍의 즐거움을 미뤄오던 앤에게 찾아온 버트 아저씨네 가족과의 짧은 여행. 앤은 소풍을 통해 난생처음 지금 이 순간의 행복을 만끽한다. 돈이 없어서, 시간이 아까워서, 내일 일하러 가야 하니까 미루었던 소풍을 만끽하며 그 순간 앤은 자신의 가장 큰 골칫덩어리인 빨강머리의 존재조차 잊는다. 이 순간의 행복이 오랜 고통을 상쇄하는 기적을 경험하는 것이다.

김추자의 〈봄비〉가 흐르는 술집, 은퇴 이후로 그토록 바랐던 자신의 행복을 미루고 있었다는 지인의 말이 짠하여 술잔을

기울이다. 그의 마지막 말에 안심했다.

"이제 냉면 먹을 때 좋아하는 계란을 마지막에 먹지 않으려고. 그냥 지금 이 순간에 마음 가는 대로 살려고."

고개를 끄덕이며 나 역시 결심했다. 모둠 초밥을 먹는다면 이제 참치 뱃살부터 먹으리. 빨리 시들어 아름다운 것이 꽃이고 단풍인 줄 알았으니, 계절이 바뀌면 가장 먼저 두 눈에 담아두는 사람이 되리.

"늘, 언제라도 기쁨을 찾아보자!"

나는 그 순간이 늘 두려웠다

초록색 지붕집에 오기 전, 앤에게는 겉보기엔 차가울 정도로 원칙주의자인 마릴라와 꼭 닮은 소울메이트가 있었다. 앤이 사는 볼링브로크에서 가장 심술궂기로 소문난 민튼 할머니다. 마을 사람들은 할머니를 돈 많은 구두쇠라 부르지만, 우연히 할머니의 집안일을 돕게 된 앤은 그녀에게서 다른 모습을 엿본다.

할머니에게는 비밀의 방이 하나 있다. 누구도 들어갈 수 없는 2층, 복도 끝 그 어두운 방에는 할머니의 오랜 추억이 살고 있는데 그 중심에는 앤과 비슷한 나이에 병으로 세상을 떠난 그녀의 딸이 있었다. 아이를 잊지 못한 민튼 할머니는 딸이 쓰던 모든 것들을 방 안에 모아놓고 시간을 얼려버렸다. 그리고 아무도 볼 수 없도록 방문을 잠가버렸다. 아이를 잃은 아픔을 잊기 위해 할머니가 집착한 건 돈이었다. 그 대가로 할머니는 평생을 외로운 부자로 사람들과 단절된 채 살아야만 했다.

앤은 어떻게 다른 사람은 보지 못했던 민튼 할머니의 고독한 내면을 알아보았을까. 앤은 어떻게 홀로 숲에 사는 에그맨 아저씨의 남모를 상처를, 좋아하는 사람 앞에서 얼굴만 붉히던 핸더슨 선생님의 짝사랑을 알아보았을까.

굳게 닫힌 문을 여는 단 하나의 방법은 그저 두드리는 것이다. 앤은 닫혀 있던 민튼 할머니의 마음을 계속 두드린다. 아이다운 호기심으로, 상냥한 말투로, 어이없는 실수와 진심 어린 사과로 말이다.

앤은 할머니의 아픔에 공감해 주룩주룩 눈물을 흘리고, 어떻게 하면 그녀의 마음을 열 수 있을까 고민하다 할머니의 딸이 세상을 떠나기 전, 엄마에게 선물하고 싶어 했던 늦가을 장미꽃을 찾아낸다. 언제나 화가 나 있는 할머니를 한 번이라도 웃게 만들고 싶었기 때문에 아이가 할 수 있는 천진한 행동들이었다.

“인간은 가장 소중한 것일수록
죽을 때 겨우 깨닫는다고 민튼 할머니가 그랬어요.
아, 다행이에요. 죽기 전에 깨달아서.”

부탄에서는 아이가 태어나면, 매일 5분간 그 아이에게 죽음에 대해 속삭여준다. 그렇게 빛과 어둠, 밀물과 썰물, 해와 달처럼 두 개의 전혀 다른 상반된 진실이 공존하고 있다는 걸 아이는 듣게 된다. 실은 우리가 태어나는 순간 온 생을 다해 죽어가고 있다는 진실 말이다.

이제 막 삶을 시작한 아이가 죽음도 삶의 일부라는 걸 무의식중에 받아들이는 이 과정은 어쩐지 인류가 잊고 있던 오랜 지혜처럼 느껴진다. 열 달 동안 익숙해진 엄마와 아빠의 목소리로 새겨진 진실은 살면서 서서히 잊히긴 하겠지만, 결정적인 순간 삶에 치여 피폐해진 아이의 통증을 달래고, 살아갈 힘을 줄 것이다. 모든 것에는 죽음 같은 끝이 있기에 우리는 지금 이 순간을 감사해야 한다는 역설적인 진실 말이다.

그러니 지금 당장 사랑하는 그 사람의 손을 잡아볼 일이다. 만약 오늘이 그 사람과의 마지막이라면 우리는 어떤 눈으로 그를 바라보게 보게 될까. 조앤 디디온의 책 『상실』에는 사랑하는 사람을 갑작스레 잃은 사람들에게 일어날 수 있는 그 모든 일이 서술되어 있다.

딸이 의식불명에 빠진 채 병원에 누워 있을 때, 그녀는 갑작스레 사고로 남편을 잃었다. 하지만 놀랍게도 슬픔에서 물기를 걷어낸 것 같은 그녀의 건조한 문장들 사이 내 마음을 무너뜨린 하나의 문장은 너무나 사소한 것이었다.

> "그때 남편은 살날이 25일 남아 있었다. (…) 그때 그에게는 수명이 120시간 남아 있었을 것이다. 선택의 여지가 있었다면…… 이 120시간을 어떻게 보냈을까?"

마치 어느 날의 내가 바로 저런 문장을 쓰게 될까 봐 평생 마음을 졸였던 기분이었다. H와는 5년을 연애했고, 19년째 함께 살고 있지만 어쩐지 나는 그 순간이 늘 두려웠다. 그를 잃게 된다면 나는 남편과 친구, 연인, 스승, 그 모두를 잃어버리는 셈이었다. 겁에 질린 채 책의 문장을 따라 읽다가, 만약 주어진 시간이 얼마일지 알았다면 그동안 어떻게 보냈을지 회상하는 작가의 이야기에 기어이 울음이 터졌다. 생각만으로 그림자까지 말라버리는 기분이었다. 돌고래는 짝이 죽으면 먹이를 거부한다. 기러기는 하늘을 날며 울음소리로 짝을 찾다 방향감각을 잃는다고 한다.

딸이 그렇게 일찍 세상을 떠날 줄 알았더라면 민튼 할머니는 아이에게 어떤 말을 해주었을까.

그러니 우리, 제발!
미래를 너무 믿지 말기로 하자.
우리가 살 수 있는 건 오로지 지금뿐이니까.

"하느님이 소중한 물건을 잃어버렸어요.
지금 그걸 주운 기분이에요!"

지금 내 옆에 있는 사람을 사랑하는 법

금발의 엘리자. 다정한 그녀는 조애너 아주머니의 맏딸로 삭막한 집안에서 유일하게 앤의 이야기에 귀 기울여주는 사람이다. 그녀는 잠들기 전 앤에게 동화책을 읽어주고, 허드렛일하는 앤을 돕기 위해 일이 끝나면 일찍 집으로 돌아온다. 하지만 사랑하는 사람에게 청혼을 받고 그를 따라 런던으로 떠날 것인지, 아니면 앤의 하나뿐인 친구로 아이의 곁에 남을 것인지 선택해야 하는 상황이 닥친다. 그때, 엘리자의 혼란스런 마음을 눈치챈 앤이 이렇게 말한다.

"저녁밥을 지어도 될 만큼 얼굴이 빨개…….
엘리자 언니, 사랑하는구나. 눈이 별빛처럼 빛나고 있어!"

자신도 모르겠는 갈팡질팡한 마음을 누군가 이처럼 명확히 꿰뚫어 말해준다면 얼마나 좋을까. 언젠가 깨달음을 얻은 듯 후배가 자신의 연애 흑역사를 얘기한 적이 있다. 그동안 연애가 어려웠던 이유가 자신에게 선택지가 너무 많아서였다는 것이다.

사회생활에 적극적이었던 그녀는 오프라인과 온라인에 걸쳐 친구가 많았다. 연애에서 자유로움과 가능성에 큰 가치를 두는 성향도 컸다. 덕분에 늘 머지않아 더 나은 상대가 나타날 거라는 기대가 충만했고, 괜찮은 상대가 나타나도 어딘가 부족하다는 생각을 떨치지 못했다. 미래에 나타날지도 모를 더 좋은 상대 때문에 결정을 회피하고 미룬 것이다.

우리 삶은 내가 한 선택들의 결과다. 선택에 두려움을 느끼는 건 그에 대한 책임이 그만큼 크기 때문이다. 오늘 점심에 뭘 먹을지부터, 어떤 직업을 택할지, 누구를 만나고, 결혼을 할 것인지 말 것인지를 결정하는 것까지 일상의 모든 것이 선택이다. 그런데 역설적이게도 연애를 하면 할수록, 상대를 바꾸면 바꿀수록 만족도는 더 낮아진다고 심리학자들은 주장한다. 대니얼 길버트는 이런 현상의 이유를 설명해낸다.

"언니, 사랑하는구나!"

"언니가 좋아하는 단추를 잃어버렸다가
다시 찾았을 때 정말로 기뻐했었지?
지금은 그때보다 100배는 더 기쁜 표정이야!"

우리가 하고자 하는 일이 원하는 경험이 아닐 때, 사람들이 재빨리 다른 경험을 구하기 때문이라는 것이다. 맘에 안 드는 렌터카는 되돌려주고, 형편없는 영화는 상영 중 나와 버리고, 말 많은 SNS 친구는 바로 차단하는 식이다.

우리는 경험을 바꿀 기회가 없는 경우에만 마지못해 기존 관점을 바꾼다. 다시 태어날 수 없기에 화가 치밀어도 엄마에게서 연민을 느끼고, 바로 교체할 수 없기에 낡은 아파트를 수리하고 아끼며, 되돌릴 수 없기에 밤마다 울고 집을 엉망으로 만드는 아이에게서 사랑스러움을 발견한다는 뜻이다. 도망가거나 취소할 수도 없을 때, 우리는 드디어 기존의 관점을 바꾸고 지금 일어난 일에서 긍정적인 면을 찾기 위해 노력한다. 고집스럽게 장점을 찾기 위해 노력하는 것이다.

한 차선만 있는 도로에서 차가 밀린다면 짜증이 나겠지만 후회가 생기지 않는다. 그러나 두 차선이 있는데 유독 내 차선만 막힌다면? 선택에 대한 후회가 밀려올 것이다. 네 개의 줄이 있는 마트에서 내 옆줄만 빠르게 줄어든다면 계산을 하기도 전에 기분이 상하는 것처럼 말이다.

앤이 살았던 시절처럼 한 동네에서 태어나 그 동네 사람과 결혼하고 정착하던 때에는 선택의 폭이 좁았다. 어쩌면 앤이 자신의 이야기에 등장하는 모든 사람들의 마음을 알아낼 수 있었던 것도 그런 이유 때문이 아닐까. 아직 어리기에 선택의 여지가 없기도 했지만, 주어진 관계에 집중했기 때문에 사람들의 마음이 더 잘 보였는지도 모른다.

인간은 선택지가 많아질수록, 그 선택지가 매력적일수록, 별 수 없이 '내가 다른 걸 선택했더라면 어땠을까?'란 생각을 한다. 우리가 종종 호텔 뷔페식당의 화려하고 다양한 음식보다 메뉴가 하나뿐인 소박한 식당에서 끓여낸 곰탕 한 그릇에 더 만족스러워하는 이유가 무엇일까. 선택의 가능성이 많다는 게 꼭 좋기만 한 건 아니다.

연애나 결혼에 관해 내가 전하고 싶은 심리학적 조언은 이것이다. 그 사람이다. 지금 내 옆에 있는 한 사람. 그 사람을 바꿀 수 없다면 내가 바뀔 것이고, 바뀌는 동안 쓴 그간의 노력이 아쉬워 그 사람에 대한 애정은 역설적으로 더 깊어질 것이다. 최고의 사랑은 좋은 상대를 만나 사랑하는 게 아니다. 서로가 좋은 상대가 되기 위해 노력하면서 비로소 사랑은 완성된다.

"아주 오랫동안 잊고 있었던
소중한 것을 기억해낸 기분이야."

미룸을 멈출 때

이번 마감만 끝나면 친구를 만나겠다고 생각했다. 하지만 마감이 끝나기도 전에 발목을 삐끗했고, 발목이 낫자마자 새로운 마감이 생겼다. 이런저런 이유로 친구의 얼굴을 못 본 지 1년이 다 되어간다. 우리는 계속 핑계를 찾는다. 가족에게 전화라도 해야 하지만 바쁘고, 운동해야 하지만 피곤하고, 책을 읽어야 하는데 귀찮다. 우리는 찾지 말아야 하는 이유를 반드시, 기필코, 찾아내고야 만다. 다이어트는 원래 실패하라고 있는 거 아냐? 스스로 위안하며 내일부터 하자를 반복하는 것이다.

버트 아저씨는 툭하면 술을 마셔 조애너 아주머니를 속상하게 만든다. 이번에야말로 행운이 따를 거라며 얼마 안 되는 월급을 도박이나 경마로 날리기 일쑤다. 그는 늘 남 탓을 한다.

자주 일을 그만두는 건 회사 사장이 악독한 탓이고, 자기 인생이 망가진 건 잔소리만 하는 아내와 밤새 빽빽대는 자식들 때문이며, 하루가 멀다 하고 술을 마시는 건 세상이 자신을 알아주지 않기 때문이라는 식이다. 아저씨가 입버릇처럼 하는 말이 있다. '두고 보라고! 성공하기만 하면 다 해결될 테니까!' 행운이 오면, 다음 기회를 놓치지 않으면……. 그는 누구보다 애타게 운이 찾아오기만을 기다린다.

그런 아저씨에게 위험천만한 순간이 닥친다. 막내 노아가 지붕에서 떨어진 눈더미에 깔려 아슬아슬하게 죽을 고비를 넘긴 것이다. 그 일 이후, 그는 언제 올지 모르는 완벽한 행운이 아니라, 곁에 있는 가족이 가장 소중하다는 진실을 깨닫는다.

군산의 한 서점에서 소설가 김연수에게 '매일 달리는 방법'에 대해 들은 적이 있다. 그는 매일 달리기를 할 수 있는 유일한 방법은 매일 같은 시간에 밖으로 나가는 습관을 만드는 것뿐이라고 말했다. 달리는 기술을 익히는 것보다, 밖으로 나가 신발 끈을 묶는 게 더 중요하다는 것이다. 만약 그 지루한 일을 매일 반복할 수 있다면…… 당신은 끝내 매일 달리는 사람이 될 수 있다.

"오늘이 세상이 생겨난 첫날이라고 상상해보세요.
그러면 낡고 무거운 신발도
날개가 달린 하늘을 나는 신발처럼 가벼워져요."

그러니 비가 오든 눈이 오든 바람이 불든 밖으로 나가야 한다. 그래야 꽃이 피고 바람이 시원한 날뿐 아니라 모든 날이 아름답다는 걸 알게 된다. 삶에서 어떤 일을 하기 위한 완벽한 조건은 없다. 결혼을 위한, 공부를 위한, 친구를 만나기 위한 완벽한 때가 찾아올 때까지 막연히 기다리기보다 불완전한 것을 조금씩 채워나가야 한다.

진실을 깨닫게 된 버트 아저씨의 삶은 어떻게 됐을까. 불행히도 버트 아저씨는 갑작스런 기차 사고로 세상을 떠나고 만다. 냉랭했던 아저씨가 앤이 그토록 가고 싶어 하는 학교에 매일 보내주겠다고 약속한 후, 죽어버린 것이다. 앤이 초록색 지붕집의 아이가 되기 전 얼마나 많은 이별과 슬픔을 목격해야 했는지 쓰기 위해선 한 권의 책이 모자라다. 하지만 누가 봐도 비극적인 그 죽음을 앤은 다르게 기억하려 애쓴다. 적어도 아저씨의 마지막이 술주정뱅이나 난봉꾼이 아니었다는 것으로 스스로를 위로하고 애도하는 것이다.

인생은 그 모든 과정이 중요하다. 버트 아저씨가 그걸 알았더라면 그는 미래의 한 방이 아니라, 이 순간 자신을 바라보고 있는 앤의 손을 꼭 잡고 아이의 빨강머리를 쓰다듬어 주었을 것이다. 그리고 빨강머리가 얼마나 예쁜지, 아이의 머리 색깔이 얼마나 특별한지를 몇 번이고 말해주었을 것이다.

친구와 미루었던 약속을 잡았다. 오랫동안 가보고 싶었던 합정동의 한 카페 사진을 친구에게 보냈다. 깔깔대며 웃는 친구의 이모티콘이 귀여워 나도 크게 웃었다. 소중한 이들과의 시간은 '나는 것'이 아니라 '내는 것'이다. 바로 지금 여기에서.

"행복은 날 싫어하는 줄 알았는데,
내 착각이었나 봐!"

5분 후의 삶

앤처럼 고아이고 어쩐지 생김새까지 비슷한 주디. 진 웹스터의 소설 『키다리 아저씨』에서 주디는 말한다. "아저씨! 저는 행복의 비밀을 알아냈어요. 그것은 과거를 후회하거나 미래를 걱정하며 시간을 낭비하지 말고 지금 이 시간을 최대한 즐겁게 사는 거예요. 저는 작은 행복을 많이 쌓을 거예요!" 이 문장은 내가 이 책에서 가장 좋아하는 구절이었다. 하지만 시간이 지나면서 행복은 감정이라서 우리의 생각처럼 저축되지 않는다는 걸 알고 크게 실망했다.

행복도 잠도 저축이 가능해서, 로또에 당첨되거나, 주말에 몰아 자면 과거의 우울과 피곤이 사라지지 않을까. 그렇지 않다는 연구 결과가 속속들이 나오고 있다. 행복이 지속되거나

쉽게 저축되지 않는 이유는 어떤 일을 통해 느끼는 즐거움이 아무리 크더라도 적정선을 넘어가면 더 이상 증폭되지 않기 때문이다. 심리학에서는 이를 '행복의 평균값'이라고 부른다. 여기서 우리는 행복이 '크기'가 아닌 '빈도'라는 명제를 끌어낼 수 있다. 큰 행복을 기다리느라 자잘한 행복을 놓쳐선 결코 안 되는 것이다. 행복한 사람은 '경험'을 사는 데 돈을 쓰고, 불행한 사람은 '물건'을 사는 데 돈을 쓴다고들 하지 않는가.

'72년에 걸친 하버드대학교 인생 관찰 보고서'라는 부제가 붙은 『행복의 비밀』이란 책이 있다. '그랜트 연구'로 알려진 이 보고서는 1937년에 시작돼 하버드 입학생들의 72년 인생을 추적했다. 연구는 우울한 유년기를 보낸 사람이라도 어떤 장년기를 보내느냐에 따라 긍정적으로 변화한다는 사실을 학문적으로 입증했다.

행복을 좌우하는 중요 요소로 저자는 '방어기제'를 꼽고 있다. 같은 일을 겪고도 사람마다 반응이 다른 건 방어기제가 다르기 때문이라는 것이다. 어떤 사람은 같은 일에 웃어넘기고, 어떤 사람은 분노하고, 어떤 사람은 다른 사람 탓을 하고, 어떤 사람은 외면한다. 책에 의하면 유머나 인내심 같은 방어기제는 사람을 끌어당긴다. 한편 자기회피나 투사, 왜곡 같은 미성숙한 방어기제는 자신에게 순간적인 위안이나 만족을 주지만, 타인에게는 극도로 이기적인 사람으로 보이기 때문에 인간관계 형성을 방해하고, 삶의 질을 저하시킨다.

어릴 적, 나는 엄마에게 말을 안 들으면 '망태기 할아버지'가 잡으러 올 거란 말을 들으며 컸다. 앤은 어릴 때부터 착한 아이가 되지 않으면 고아원에 보내버리겠다는 말을 수시로 들으며 자란다. 망태기 할아버지가 누구인지 잘 몰랐던 나와 달리, 앤은 고아원이 어떤 곳인지 너무 잘 알았기 때문에 작고 여린 아이가 느낀 공포와 불안은 압도적이었을 것이다.

착한 아이가 되지 않으면 곧 고아원에 갈지도 모른다는 마음은 앤의 삶에 절대적인 영향을 끼쳤다. 나에게는 이 전제가 내일이라도 죽을지 모른다는 불안을 안고 사는 불치병 환자의 마음처럼 읽혔다. 그래서 앤이 시간을 잘게 쪼개고 쪼개, 아픈 과거나 불안한 미래로부터 달아나 지금 이 순간에 머물기로 선택한 게 아닐까 싶다.

실연과 실직 후, 1분 1초가 괴로웠던 내게 평생 기억할 만한 말을 해준 건, 여러 번 연애를 실패하고 헤어진 애인에게 한밤

중 "자니?"라는 문자를 수없이 보내야 했던 선배였다. 앞선 경험을 차곡차곡 쌓아둔 그녀는 이런 괴로운 시간들은 당근처럼 토막 내 5분 단위로 생각해야 한다는 조언을 내게 건넸다.

"하루를 24시간이라고 생각하면 막막하고 괴롭잖아. 근데 그 하루를 1시간, 30분, 아니 5분으로 쪼개면 그나마 괜찮게 느껴져. 5분을 견디면 5분 후의 삶이 조금 나아진다고 믿는 거지. 그리고 5분을 견딘 나를 칭찬하는 거야. 어떤 사람 중에는 숨을 쉬지 않고도 5분을 견디는 사람도 있으니까. 5분 정도는 참을 수 있다고 생각해."

눈시울처럼 붉어지는 노을을, 낮꿈처럼 피어나는 벚꽃을 보며 그 순간에 감사하는 앤의 마음은 틀림없는 자기 보호 본능이다. 온 우주가 이 작고 여린 아이를 지키기 위해 만든 강력한 방어기제다. 불행을 느끼면서 딱 그만큼의 행복을 찾아 균형을 잡는 일이 어떻게 가능했을까. 앤에게만 그런 특별한 일이 일어나는 걸까. 그렇지 않다. 나쁜 일이 생겼으니 틀림없는 액땜이라고 믿는 우리의 여린 마음들도 그렇다.

나이가 들수록 내 상처와 불행을 "사는 게 그렇지, 뭐"라고 일반화해야 견디기 쉬워진다. 타인의 불행을 내 행복의 연료로

지피는 날도 생긴다. 냉소는 가깝고, 희망은 너무 멀게 보인다. 하지만 살면서 깨닫는다. 행복과 불행 사이에 '다행'도 있다는 사실을. 행복을 다행이라 바꿔 말한다고 삶이 무너지진 않는다는 걸, 이제 나도 행복을 '괴로움이 없는 상태'라 조금씩 바꿔 부를 수 있게 되었다는 걸 말이다. 오늘도 나에게 주어진 보통날의 고마움을 기억해야겠다. 앞으로도 여러 번 잊겠지만 잊을 때마다 다시 기억하려 한다.

"제게 좋은 일은 하나도 안 일어나는 것 같아서
눈물이 멈추지 않을 때도 있어요.
그래도 노을을 보면 슬픈 마음이 사라져요.
내일은 분명히 멋진 일이 일어날 거라고 생각하게 돼요."

비 오는 날은 비를 느낀다

요즘 가장 듣기 좋은 말은 아무래도 '차 한잔'으로 시작하는 말이다. 집에서 혼자 마셔도 기왕이면 예쁜 손님용 찻잔을 꺼내고, 티백 말고 잎차를 우리며 복잡한 마음을 가라앉힌 적이 많았기 때문이다. 영화 〈일일시호일日日是好日〉에서 주인공은 찻물을 따르다가 이런 생각을 한다.

'더운물과 찬물은 소리가 다르다. 더운물은 뭉근한, 찬물은 경쾌한 소리가 난다.'

비 오는 여름, 그녀는 창밖을 보며 "장맛비 소리가 가을비 소리와 다르다고 생각했다"고 말한다. 키키 키린은 주인공의 다도

선생님으로 나오는데 이 영화가 유작이 되었다. 좋아하는 배우라 마지막이라고 생각하며 보니 마음이 더 애틋했다.

그녀가 출연한 영화 〈걸어도 걸어도〉에 기억에 남는 장면이 있다. 오랜만에 고향 집에 온 아들이 현관에 들어서며 "안녕하세요!"라고 인사하자, 엄마가 부엌에서 나오며 아들에게 이렇게 말한다.

"'다녀왔습니다'라고 해야지!"

멀리 떨어져 있어도 모든 순간을 함께하는 엄마의 응원이 느껴져서 어떤 포옹보다 따뜻하고 단단하게 와 닿았다. 엄마가 없다 해도 앤에게 이런 말을 해주는 할머니나 이모가 있었다면 얼마나 좋았을까. 설레며 떠나는 마음도 좋지만 안심하며 돌아오는 마음이 내게는 먼저 와 닿는다. 여행은 내게 늘 익숙한 내 방과 책장 속 책들, 단골 가게의 구석 자리와 동네 골목길을 산책하다 마주치는 강아지들을 더 좋아하기 위해 떠나는 일처럼 느껴진다.

"비 오는 날은 빗소리를 듣는다. 오감을 이용해 온몸으로 그 순간을 느낀다. 눈 오는 날은 눈을 보고, 여름에는 찌는 더위를, 겨울에는 살을 에는 추위를 느낀다."

차를 마시고, 밥을 먹는 일. '일상다반사'라는 말을 좋아한다. '일일시호일'은 매일매일이 좋다는 뜻이다. 이 말을 내 멋대로 해석하면, 겨울은 추워서, 여름은 더워서 좋다는 뜻 아닐까. 가을은 단풍 지고 봄에는 꽃이 피니 아름답다는 뜻 말이다. 매일매일이 소중하고 좋다고 생각하는 사람의 삶이 겨울은 추워서, 여름은 더워서 싫다고 말하는 사람과 같을 리 없다. 앤이 행복한 건 딱 그 이유 하나다. 싫어할 이유를 찾는 건 또 얼마나 쉬운가.

있는 그대로의 나를
더 나답게 만드는 것

개와 고양이는 있는 그대로의 우리를
더 우리답게 만드는 것으로 자신의 일을 한다.
'되고 싶은 나'가 되지 않아도,
'되어야만 할 것 같은 내'가 아니어도
그저 내 옆에 있어주는 존재인 것이다.

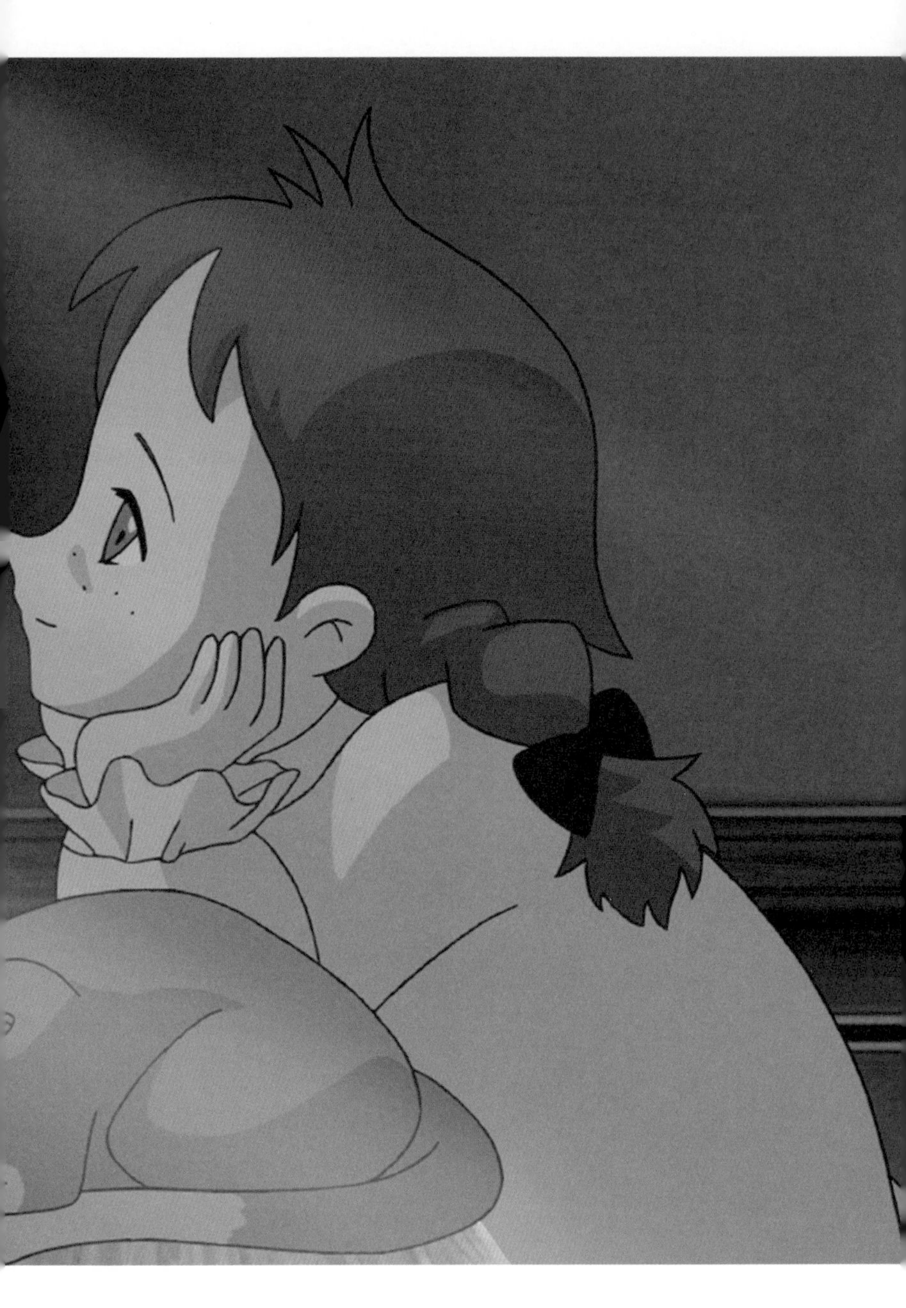

"고아인 내 이름이 왜 앤인 줄 알겠어.
앤은 빨강머리에 주근깨투성이인 데다
이 세상 누구에게도 사랑받지 못하는 아이에게 주는 이름인 거야."

나의 이야기가 시작되는 곳

갓 태어난 아이가 가장 먼저 받는 선물은 이름이다. 김춘수 시인의 「꽃」처럼 이름을 가지는 것으로 우리는 몸짓에서 비로소 의미가 된다. 어디 사람뿐인가. 아파트나 자동차 같은 상품의 이름도 사람의 감성을 자극하는 요소로 가득하다.

폭스바겐의 자동차들은 지구 어딘가에서 불어오는 바람에서 이름을 따왔다. 골프Golf는 대서양 연안의 바람이고, 폴로Polo는 북극의 찬바람, 파사트Passat는 무역풍, 제타Jetta는 제트기류를 뜻한다. 현대 자동차의 이름은 주로 먼 여행지의 이름인데, 산타페Santa Fé는 미국 뉴멕시코의 도시, 투싼Tucson은 애리조나의 도시, 베라크루즈Veracruz는 멕시코의 휴양도시이다.

내 기억 속에 가장 오래 남아 있는 이름은 '늑대와 춤을', '주

먹 쥐고 일어서' 같은 인디언식 이름이다. 인터넷에 떠도는 작명법으로 생년월일을 조합해 내게 '웅크린 태양의 정령'이라는 인디언식 이름을 지어준 그의 이름은 '용감한 불꽃의 환생'이었다. 도시에서 자랐지만 나무와 꽃 이름만큼은 잘 안다고 자부하던 그가 그래서 눈에 더 띄었다. 그는 꽃 이름이 너무 어려워서 외울 수 없다는 내게 자신이야말로 지구에 존재하는 모든 꽃과 나무 이름을 다 알고 있다고 장담했다. 그리고 그의 대답은 정말이지 거침이 없었다.

"저 꽃 이름은 뭐야?"
"아! 저거. 흰 꽃."
"저 옆에 있는 건?"
"나비 앉아 있는 거? 저거야 당연히 분홍 꽃이지!"
"그 앞에 있는 건?"
"보라 꽃!"
"그럼 옆에 있는 건 대체 뭐야?"
"계란프라이 꽃이네!"

정말이지 어이가 없었다. 내 경우 어떤 꽃 이름들은 너무 어려워서 지금도 외워지지 않는다(라넌큘러스는 지금도 가끔 레넌큘러스라고 잘못 쓴다). 그가 말한 '계란프라이 꽃'의 이름은 개망초였다. 하지만 내겐 모양으로 보나, 어감으로 보나 여전히 '계란프라이 꽃'이 더 가슴에 와 닿는다.

"앤, 네 이름은 네 아버지 월터 씨가 지은 거란다.
별난 분이었는데 끝에 e가 붙는 앤이라고 좋아하셨어.
옛날 영국 여왕의 이름과 같은 철자라고 하더구나.
네 어머니도 좋아하셨지.
딸아이에게 잘 어울리는 이름이라고 말이야."
"앤 셜리, 아버지가 지어주신 이름! 끝에 e가 있어!"

앤이 마릴라 아주머니에게 자신의 이름 끝에 굳이 e를 붙여달라고 말했을 때, 나는 그 이야기가 어디에서부터 시작됐을까 늘 궁금했다. 앤의 어린 시절을 그리는 애니메이션 〈안녕, 앤〉에는 그 비밀이 애틋하게 풀려 있다. 끝에 e가 붙은 Anne이 훨씬 더 낭만적이고 아름답다고 생각한 앤의 마음 안에는 한 번도

보지 못한 아빠에 대한 그리움이 묻어 있었다. 누군가 자신의 이름을 부를 때마다 앤은 그리운 아빠의 냄새를 맡았을 것이다. 앤에게 이름 끝의 알파벳 e는 엄마의 목덜미에서 나는 따뜻한 살갗 냄새 같은 것이다.

이제는 남편이 된 그에게 앤을 좋아하냐고 큰 소리로 물었다.

"아니. 코난이 최고야!"

그는 늘 발가락 힘이 센 코난이 앤보다 훨씬 사랑스럽다고 우기지만, 난 아니다. 발가락 힘보다는 혓바닥 힘! 우리 앤이 최고다.

"앤의 엄마는 버사 셜리, 아빠는 월터 셜리.
버사 씨는 몸이 약해서 우리 엄마가 일을 도와주러 다녔어.
셜리 부부는 정말 친절한 분들이었대.
하지만 유행병에 걸려 두 분 다 돌아가시고 말았어.
외톨이가 된 아기 앤을 우리 엄마가 맡아주게 된 거야."

"엄마가 아빠에게는 날개가 달려 있다고 말했대.
날개가 달린 아빠랑 책을 좋아하는 엄마랑 나는
라일락꽃이 활짝 핀 노란 집에 살았던 거야!"

"너는 누구야?"

유리에 여자아이가 비쳤습니다.
마치 앤의 얘기를 듣고 싶다는 듯 고개를 갸웃거렸습니다.

"내 이야기 좀 들어줄래?"

친구를 부르다

어른이 된 후 다시 『빨강머리 앤』을 읽기 시작했을 때, 앤이 몇 번 만나지 않은 다이애나에게 다짜고짜 '영원한 우정'이라든가 '죽는 날까지 함께하겠다'는 맹세를 하자고 말하는 장면에 정말 당황했었다. 무조건 앤을 좋아하는 나라도 이건 아니지 않은가 싶었다. 내가 사람과 사람 사이의 거리를 존중하는 쪽이라 더 그랬던 것 같다. 〈안녕, 앤〉에 그려진 앤의 어린 시절은 나에게 하나의 실마리를 주었다.

앤이 태어난 1900년대 초반에는 아동 인권이 중시되지 않았다. 그렇게 어린 앤은 조애너 아주머니의 아이들을 돌보는 일을 했다. 하지만 한창 뛰어 놀고 싶을 나이 아닌가. 앤의 소원은 또래 친구를 갖는 것이었다. 그 마음이 얼마나 간절했는지

앤은 청소를 하다가 찬장에 비친 자신의 얼굴에 '캐시 모리스'라는 이름을 붙였다. 캐시는 앤의 유리창 속 친구였다.

상상력은 눈에 보이지 않는 걸 그려내는 힘이다. 나는 상상력을 '마음의 근육' 같은 것이라고 생각한다. 조애너 아주머니 집에서 하몬드 아저씨네 집으로, 다시 고아원으로 밀려났을 때마다 앤은 삶의 무게에 짓눌린다. 그러나 그곳이 어디든 앤은 자신만의 쉼터를 발견하려 애쓴다. 돌봐야 할 아이가 네댓 명이나 더 늘어났던 하몬드 아저씨네 집에서도 지하 창고에 있는 책들을 찾아냈고, 외로울 때마다 산에 올라가 고함을 쳤다. 앤은 산속의 메아리에도 '비올레타'라는 이름을 붙여준다. 자신의 얼굴, 목소리, 안과 밖에 있는 그 모든 울림들로부터 앤은 친구를 호출한다.

인문학자 고미숙 선생을 만난 적이 있다. 그녀는 자본주의가 너무 사랑 타령이라 우정이 폄훼되는 게 정말 안타깝다고 했다. 사랑의 기본은 '독점과 배타적인 소유'다. 그래서 집착을 낳기 쉽고 화폐와 긴밀히 연결된다. 결혼을 약속하는 다이아몬드의 가격이 의미하는 게 무엇이겠는가. 이런 관계에만 몰입하면 존재가 작아진다. 가족 관계는 애증과 부채감이 기본이라 수평적인 대화가 어렵다. 같은 말도 친구에게는 좀 더 살갑고, 가족에게는 매정한 건 이런 관계의 특성 때문이다. 그러므로 사랑과 가족을 초월해 우리를 가장 성장시키는 건 '도반', 즉 우정이라는 게 고미숙 선생의 말이었다. 빨리 갈 거면 혼자, 멀리 갈 거면 함께 가라는 말이다.

거울로 보는 나는 '나'라는 자아에 맞춰져 있다. 하지만 '창문'을 통해 나를 보는 건 길과 나무, 그곳을 오가는 사람들, 즉 '관계 속의 나'에 맞춰져 있다. 어느 쪽이 더 큰 세계를 보게 될까. 고립과 자립은 다르다.

식당에서 혼밥을 하던 어느 날, 생각했다. 사람에 지쳐 혼술을 하면서도 SNS에 사진을 찍어 올리고, 사진에 붙은 '좋아요'를 기다리는 어떤 마음에 대해서.

"에그맨 아저씨가 말했어.
어렸을 때는 누구나 꿈이나 마법을 마음속에 갖고 있지만
어른이 되면 그걸 상자에 밀어 넣고 깊이 숨겨버린다고."

고독을 알아보는 고독

어린 앤이 만난 사람 가운데 가장 신비로운 캐릭터는 '괴상한' 에그맨 아저씨다. 달걀 파는 이 털북숭이 아저씨는 숲속의 은둔자다. 조애너 아주머니의 심부름으로 달걀을 사러 갔던 앤은 문 밖으로 흘러나오던 묵직한 소리에 "아! 이건 괴물을 부르는 소리인가 봐!"라고 놀랐을 정도였다.

그런데 달걀을 파는 정체불명의 아저씨 집에는 생뚱맞게 첼로와 망원경이 놓여 있고, 책상 위에는 펜과 물감과 함께 다양한 책과 타자기가 놓여 있다. 벽에는 아름다운 그림들이 가득하다. 긴 머리를 묶은 거구의 남자, 동네에서 가장 싸고 신선한 달걀을 파는 아저씨는 누가 봐도 달걀 장수처럼 보이지 않는다. 무슨 사연이 있기에 그는 깊은 숲속에서 닭을 키우고 마을 사

람들에게 마법사, 은둔자라 불리며 살게 된 것일까. 눈물을 흘리며 첼로를 켜는 에그맨 아저씨를 몰래 훔쳐보던 앤은 아저씨의 연주를 들으며 야수로 변한 왕자를 상상한다. 사랑하는 연인을 더 이상 만날 수 없게 된 야수가 숲속에서 죽은 듯 숨어 지내는 이야기 말이다. 이런 감정을 뭐라고 설명할 수 있을지 모르겠다는 앤의 말에 에그맨이 말한다.

"그건 고독이란다!"

창문 뒤에서 그를 훔쳐보려다 넘어져 무릎을 다친 앤을 집으로 데려와 치료해주던 에그맨이 첼로를 켜자, 앤이 다시 상상의 나래를 펼치며 말한다. 왕자님이 얼마나 연인을 그리워하는지, 얼마나 보고 싶어 하는지 느껴진다고. 앤은 자신이 늘 엉뚱한 상상을 해서 아주머니에게 혼난다고 털어놓는다. 그러자 아저씨가 말한다.

"혼난다고 멈춰선 안 돼. 그건 상상력이란다. 인간만이 가진 멋진 능력이지. 이 첼로도 누군가의 상상력이 만들어낸

"혼난다고 멈춰선 안 돼. 그건 상상력이란다.
인간만이 가진 멋진 능력이지.
네 상상력은 반드시 너의 힘이 되어줄 거야."

거야. 이 세상 모든 것은 사람이 상상했기에 태어난 거란다. 네 상상력은 반드시 너의 힘이 되어줄 거야."

고독이 끝나는 건 고독을 알아보는 친구가 생기는 순간이다. 앤이 그에게 찾아온 순간, 에그맨의 고독도 끝난다. 끝내 서로가 서로의 결핍을 알아본 것이다.

좋아하는 드라마 속 한 장면에서 신인 때 잘나가다가 망한 여배우가 천재 소리를 듣다가 데뷔도 못한 감독과 이야기를 나눈다. 단골 술집에서 술잔을 기울이는 그녀의 맞은편 테이블에는 한때 잘나가다 망한 사람들이 순서대로 앉아 있다. 제약회사 이사, 은행 임원, 자동차 연구소 실장을 하다가 각각 백수, 미꾸라지 수입업자, 모텔에 수건을 대는 업자로 전락한 쉰 살의 아저씨들 말이다. 망한 사람 앞에 두고 망해서 사랑한다는 말을 하는 건 인간에 대한 예의가 아니라고 열변을 토하는 감독에게 배우가 말한다.

망할까 봐 평생을 마음 졸이고 살았는데 망한 감독님이 정작 아무렇지도 않아 보여서 좋았다고. 망가져도 불행해 보이지 않아서 안심이 됐다고 말이다.

에그맨은 앤에게 돈 많고 화려했던 과거보다 숲속에 혼자 있는 지금이 더 평온하다고 말한다. 어딘가 심하게 망가져 숨어 살던 그가 조금씩 마음을 열고 새로운 사랑인 핸더슨 선생님을 만나는 것도 숲속에서였다.

성공은 희귀하고 실패는 흔하다. 망한 사람을 보며 '나만 그런 건 아니구나'라고 안심하는 우리의 마음속에는 얼마나 여린 아이가 울고 있을까. 나와 같은 어려움을 겪는 사람을 볼 때, 인정하고 싶지 않지만 타인의 고통과 비교하며 자신의 다행을 인식하는 게 사람이다. 하지만 혼자 울면 외롭고, 함께 울면 견딜 만한 것이 또 삶 아닌가.

"저는 선생님과 아저씨가
오른쪽 장갑과 왼쪽 장갑처럼
헤어질 수 없는 건 아닐까 생각해요."

"가장 쓸쓸한 것은 저라고 생각했는데,
그렇지 않다는 것은 두 사람이 헤어지면
가슴이 찢어져서 죽어버릴 정도란 거지요?"

고양이는 나를 비웃지 않을 거예요

"인물 사진을 찍으면 말이야. 왜 이렇게 많이 찍는지, 언제 다 찍는지, 자기 얼굴이 제대로 찍혔는지 사람들이 자꾸 물어보거든. 근데 이 사람들은 그냥 개를 끌어안고 있더라고. 한 명도 언제 사진 찍는 게 끝나는지 물어보지 않았어. 신기하지?"

사진가 친구가 있다. 세 글자 이름을 가진 그녀는 유독 죽은 동물들의 시신을 잘 발견하는데, 골목 구석에서 눈을 감은 고양이, 길을 건너다 압사당한 작은 쥐, 나무 등걸에 뒤집어진 채 죽어 있는 벌레까지 종류를 가리지 않았다. 약속 시간에 늦은 어느 날 물어보면 친구는 다급한 목소리로 말하곤 했다.

"홍대 놀이터 앞을 지나가는데 새가 죽어 있더라. 나무 밑에 묻어주고 오느라 늦었어."

"고양이가 있다면
난 빨강머리라도 참을 수 있어.
그 애가 내 친구가 되어줄 테니까."

살아 있는 것들을 사랑하는 사람 눈엔 아픈 존재가 그렇게 잘 보이는 모양이다. 이 친구가 한 월간지에서 버려진 개들을 입양해 키우는 사람들의 사진을 찍은 적이 있다. 반려견과 함께 찍은 사진은 누군가의 가족사진보다 따뜻했다. 앤이 처음 고양이와 마주쳤을 때, 그 작은 생명체는 앤을 빤히 바라보았다. 고양이가 말을 할 수 있다면 앤에게 가장 처음 했을 말은 무엇이었을까.

아기 고양이 로킨바는 보는 사람마다 비웃는 앤의 빨강머리를 편견 없이 받아준다. 고양이 밥을 챙기고 돌봐주는 사람은 앤이었지만, 로킨바는 아이가 한 번도 누려보지 못한 무조건적인 사랑을 준다. 개와 고양이는 우리를 공부 잘하는 주인, 못하는 주인으로 나누지 않는다. 잘생긴 주인, 못생긴 주인으로 나누지도, 부자 주인, 가난한 주인으로 평가하지도 않는다. 그들은 있는 그대로의 우리를, 더 우리답게 만드는 것으로 자신의 일을 한다. '되고 싶은 나'가 되지 않아도, '되어야만 할 것 같은 내'가 아니어도 그저 내 옆에 있어주는 존재인 것이다. 그래서 우리는 살아 움직이는 그 생명체에 '반려'라는 말을 붙인다.

언젠가 유튜브에서 '주인이 퇴근 후 집에 왔을 때 개들은 어쩌면 그렇게 빨리 문 앞으로 뛰어나올 수 있나?'라는 궁금증을

풀어주는 영상을 본 적이 있다. 궁금증의 답을 알게 된 후, 마음이 털썩 내려앉았다. 반려견은 주인이 출근한 후 하루 종일 현관문 앞을 떠나지 않았다. 계속 문을 주시하며 제자리를 지키고 있었다. 그래서 마침내 주인이 돌아왔을 때, 바로 그 앞에서 주인을 반기며 꼬리치고 달려들었던 것이다.

동네 공원에서 반려견을 산책시키는 여자를 봤다. 군데군데 털이 빠진 늙은 개의 모습. 자신의 반려견이 멈출 때마다 그녀는 서두르지 않고 그 시간을 기다리고 있었다. 개들도 암에 걸린다. 고양이도 관절염이 생기고 치매에 걸린다. 더 이상 귀엽고 사랑스럽지 않은 존재가 되었을 때, 우리는 사랑이 헌신에 바탕을 둔 감정이란 걸 비로소 이해하게 된다. 사랑스러운 것을 사랑하는 당연한 일이 아니라, 더 이상 사랑스럽지 않은 것을 사랑하는 일, 그것이 사랑이라는 것 말이다.

노견을 데리고 산책 다니는 사람들을 몇 번이고 다시 쳐다보게 된다. 개가 멈추면 같이 멈춰 서고, 쉬자고 하면 쉬어 가는 저 발걸음이 애틋해 몇 번이고 바라보게 된다. 벚꽃 비가 내리는 아름다운 봄날이었다. 하지만 늙은 반려견과 산책 나온 느릿느릿한 사람들의 뒷모습만 할까.

"로킨바의 털은 꼭 석양 같아.
처음 우리 집에 왔을 때도
석양 속에서 태어난 것만 같았어."

"저는 더 많은 단어들을 알고 싶어요.
그럼 제 기분에 딱 맞는 말을 할 수 있잖아요."

문장 '복용'하기

봄이 되면 김훈의 산문집 『자전거 여행』을 읽는다. 여러 해 거듭했기 때문에 어떤 문장은 외울 수 있다. 가령 '목련은 등불을 켜듯이 피어난다'나 '산수유는 다만 어른거리는 꽃의 그림자로서 피어난다' 같은 말은 이제 꽃을 보면 바로 몸속에 스민다. 좋은 문장을 보면 외우려고 노력하는 것. 필사와 암송은 내 오랜 습관이다.

암송은 눈으로 책을 읽을 때와 달리, 책과 나의 관계를 더 밀착시킨다. 그렇게 어떤 문장은 내 안에 집을 짓고 살다가, 정말 힘든 순간 나도 모르게 흘러나와 옛 친구처럼 내 곁에 머문다. 마음이 약해질 때 '두 번은 없다!'는 문장이 내 손을 잡아주고, 후회와 슬픔에 시달릴 때 "후회는 이야기를 하려는 열망이다"

라는 찰스 그리스월드의 말이 내 어깨를 끌어안는다.

몇 년 전부터 문장 처방에 관한 글을 쓰고 있는 것도 그런 이유다. 기질과 성격에 따라 다른 증상에 알맞은 문장들이 세상 어딘가에 존재한다고 믿기 때문이다. 이때 '암송'은 '복용'에 다름 아닌 말이다. 우리는 소화제나 혈압 약을 먹듯 문장을 암송할 수 있어야 한다.

앤은 브라우닝의 시집을 '금빛 옹달샘'이라고 부르며 책이 닳을 때까지 읽고 또 읽는다. 두꺼운 시집 전부를 외울 수는 없지만 그 안에 앤의 사랑이 깃든 시가 있다. 「피파의 노래」. 자신의 몸속에 살게 된 브라우닝의 시구절들을 앤은 힘들 때마다 꺼내 본다. 앤에게 '피파의 노래'는 마음속의 응급약이다. 종다리가 하늘 높이 날고, 언덕에 진주 이슬이 맺히는 한, 이 세상은 평화롭고 무사할 것이라는 하느님의 약속인 것이다.

24시간 초연결 사회에서 암기와 암송의 기능은 점점 쇠퇴하고 있다. 그러나 시란 원래 눈으로 읽기 위한 것이 아니라, 암송에 최적화된 노래에 가까웠다. 음유시인 역시 중세 유럽에서 봉건제후의 궁정을 찾아다니며 스스로 지은 시를 낭송하던 시인을 뜻했다. 알베르토 망구엘의 『독서의 역사』에 보면 과거에는 음독과 낭독만이 존재했다(묵독은 마녀의 독서법으로 중세 때 금지돼 있었다). 소크라테스는 필사하지 않고 글을 암기해야 제대로 된 지식이라 생각했다.

도무지 의욕이 나지 않고 괴로울 때, 암송할 수 있는 문장이 있다면 분명 도움이 될 것이다. 내게도 지치거나 눈가의 주름이 깊어 보일 때, 비타민처럼 섭취하는 문장이 있다. '오늘이 내 인생의 가장 어린 날이다.'

자신만의 문장을 많이 가지고 있는 사람이 부자다. 나만의 문장은 안전지대의 울타리를 만드는 일이다.

"때는 봄, 날은 아침, 시간은 일곱 시
언덕에 진주 이슬 맺히고 종다리 하늘 높이 날고
달팽이는 산사나무 가지 위에
하느님은 하늘에
온 세상이 평화롭도다."

"멋져요. 풍경이 눈에 보이는 것만 같아요."

"시라는 건 시인의 생각이 중요한 게 아니야.
읽은 네가 무엇을 느꼈는지가 중요하지.
앤, 네가 우리 집에 달걀을 사러 올 때마다 단어를 가르쳐주마."

"근데 왜 저한테 잘해주시는 거예요?"

"난 상상력의 편이란다."

책에는 마침표가 있다

2018년 1월 1일 내가 처음 한 일은 알람시계를 산 것이었다. 쓰지 않고 둘까 봐 일부러 비싸고 좋아 보이는 것을 골랐다. 시간을 확인한다는 구실로 스마트폰을 자주 열어보는 습관을 버리기 위해서였다. 2018년, 밤 10시 이후 스마트폰을 사용하지 않는다는 원칙을 세우고 실행에 옮겼다.

우선 스마트폰에서 SNS와 관련된 앱을 지웠다. 페이스북과 인스타그램의 계정도 모두 닫았다. 더 이상 사용하지 않는 앱을 들어내자 그동안 부족하게 느껴지던 '시간들'이 생겨났다. 지난 1년간 내가 얼마나 많은 시간을 이곳에 썼는지도 실감했다. 새로 채워진 밤의 시간은 대개 침대 위의 독서로 채워졌다. 2018년과 2019년 두 해 동안 나는 지난 10년을 통틀어 가장 많은 책을 읽었다.

우리는 시간 부족에 시달린다. 단순히 시간 부족만 문제가 아니다. 시간의 질이 더 나빠지고 있다. 이것을 '오염된 시간'이라 표현하는데, 시간학자들이 주목하는 건 바로 스마트폰이다. 스마트폰은 시간을 파편화시킨다. 일을 하다가, 영화를 보다가, 앞자리의 상대편과 대화를 하면서도 SNS의 '좋아요'나 문자메시지를 확인하느라 어떤 일을 하든 시간이 분절되고 조각나 흩어지는 것이다. 스마트폰으로 기사를 읽고 있어도 마찬가지다. 어쩐지 저 옆의 연예인 이혼 기사나 코로나19 관련 기사부터 읽어야 할 것 같은 마음에 쉽게 빠진다.

문제 해결에 중요한 건 스마트폰을 피처폰으로 바꾸는 게 아니다. 모든 SNS 계정을 끊고 단절시키는 게 아니다. 이제는 여섯 번째 손가락이 되어버린 스마트폰과의 관계를 재설정하고, 적당한 거리를 두어야 할 때다. 초연결 사회에서 가장 중요해진 건 역설적이게도 단절의 경험이기 때문이다.

"저는 세계의 여러 나라에 대해서 상상하는 걸 좋아해요. 아서왕이 있던 영국이나 줄리엣이 살던 이탈리아 베로나.

"여기서 대체 뭘 하고 있는 거니?"

"1년 전부터 매일 밤 지하 창고에 내려와 책을 읽었어요.
전 책을 너무 좋아하는걸요."

"앤, 역시 너는 재미있는 아이로구나."

매일 산더미처럼 일해서 밤이면 녹초가 될 법한데도 책에 빠져서 미지의 세계로 가면 두 눈이 말똥말똥해지고 온몸이 오싹오싹해져요. 마치 안개 속에서 눈이 없는 마녀를 만난 맥베스처럼."

침대 위에서 책을 볼 때, 앤은 자주 꿈꾸듯 상상에 빠진다. 책을 사랑하는 이 작은 아이는 한 권의 책을 반복해서 읽을 때마다, 책 안의 다른 문장을 좇아 다양한 여행을 떠난다.

같은 것을 반복하고 있을 때 우리는 그것에 지루함을 느낀다. 그러나 앤은 그로부터 포근한 친숙함을 발견한다. 그 반복된 리듬 속에서 미세한 차이를 발견하며 점점 섬세한 아이로 성장하는 것이다. 길가에 피어 있는 꽃을 매일 보고도 그저 '꽃이 있다'고 말하지 않고 그 꽃이 언제 폈는지, 언제 졌는지, 그 꽃 위에 나비가 날아들었는지, 딱정벌레가 기어가는지 촘촘한 눈으로 바라보고 상상할 수 있는 아이로 자라고 있는 것이다. 인공지능 회계사와 변호사가 등장하게 될 앞으로의 미래에서 가장 중요해질 상상력은 많은 정보가 아니라 깊은 사색 속에서 탄생한다.

책에는 인터넷에 없는 끝이 존재한다. 어떤 것을 사든 그것보다 더 싼 최저가 물건이 나오고, 어떤 기사를 읽든 수없는 연관 기사가 나오는 검색과 다르게 책에는 마침표가 있다. 맨 마지막 문장을 읽고 책장을 덮었을 때, 우리 마음속에 밀려오는 깊은 만족감은 책이 주는 약속이다. 정보의 파도가 밀려오는 바깥 세계의 문을 굳게 닫는 것으로 우리에게 깊은 위안을 주는 것이다.

스티브 잡스는 식사 자리에서 아이들에게 아이폰과 아이패드를 사용하지 못하게 했다. 교내 스마트폰 사용을 엄격히 제한하는 발도르프 학교에 다니는 아이들 부모의 70퍼센트는 실리콘밸리의 혁신적인 IT 개발자들이다. 2주간의 '생각 주간'을 위해 책을 싸들고 오두막으로 떠났던 빌 게이츠 마이크로소프트 회장도, 1시간 15분 거리의 회사를 걸어서 출근했던 잭 도시 트위터 CEO도 알고 있었다. 자신들이 만든 디지털 생태계와 기기들은 즉각적으로 반응하는 빠른 검색이 아니라, 느리고 긴 사색으로부터 시작됐다는 것을.

노멀 피플

샐리 루니 지음 | 김희용 옮김

"너는 나를 사랑해주었지.
그리고 마침내 평범하게 만들어주었어."

영국 BBC 드라마 방영!
《뉴욕타임스》·《타임스》 올해의 책, 전 세계 100만 부 판매!
밀레니얼 세대의 사랑과 불안을 담아낸 화제의 소설

아름다운 세상이여, 그대는 어디에

샐리 루니 지음 | 김희용 옮김

"당신은 나에 대해 다 아는데,
나는 당신에 대해 아무것도 몰라."

《뉴욕타임스》·《선데이타임스》 베스트셀러 1위!
부커상 후보에 오른 1991년생 천재 작가의 최신 화제작
망가진 세상에서 어른이 되어 버린 그들이 선택한 사랑

우리 가족은 모두 살인자다

벤저민 스티븐슨 지음 | 이수이 옮김

우리 가족에게도 공통점이 하나 있다.
바로 가족 모두 누군가를 죽인 적이 있다는 것!

HBO TV 드라마 제작 확정! 전 세계 24개국 번역 출간!
기발하고 재미있는 메타 살인 미스터리

호수 속의 여인

로라 립먼 지음 | 박유진 옮김

착실한 여자조차 사랑에 빠지면 실수를 범한다.
그렇다고 죽어 마땅한 것은 아니다.

나탈리 포트만 주연 애플TV 오리지널 드라마화!
에드거상, 앤서니상, 매커비티상 등 세계 유수의 문학상 석권
《뉴욕타임스》 베스트셀러 작가 로라 립먼의 최신 화제작

※ 본 도서는 서점에서 구입할 수 있습니다.

가끔 너를 생각해

후지 마루 지음 | 김수지 옮김

"안녕, 나의 마녀, 날 잊지 마.
반드시 네 곁에 돌아올 테니까."

어릴 적 친구인 소타를 만나 사람들을 돕기 시작한
이 시대의 마지막 남은 마녀 시즈쿠의 이야기.
『너는 기억 못하겠지만』 작가의 마법 같은 감성 미스터리

너는 기억 못하겠지만

후지 마루 지음 | 김은모 옮김

"우리가 처음 만난 게 맞을까?
너를 알 것 같은 기분이 들어."

출간 즉시 20만 부 판매 돌파한 기묘한 감성 미스터리!
죽은 사람을 저세상으로 인도하는 사신 아르바이트생 이야기
당신에게도 잊을 수 없는 사람이 있나요?

리얼 라이즈

T. M. 로건 지음 | 이수영 옮김

"거짓말을 잘하려면 기억력이 좋아야 돼."
진실은 없다, 진짜 거짓만 있을 뿐.

아마존 선정 '세상을 놀라게 할 심리스릴러' 1위
200만 부 판매, 22개국 번역 작가 T. M. 로건의 대표작!

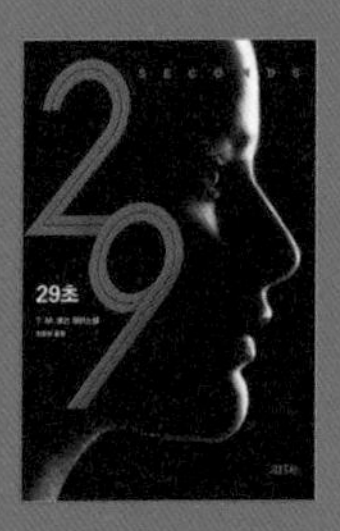

29초

T. M. 로건 지음 | 천화영 옮김

하나의 번호, 한 번의 통화,
인생을 완전히 바꿔놓을 29초!

킨들, iBooks, 《뉴욕타임스》 베스트셀러 No.1 작가의 화제작
넷플릭스 실사 영화 〈원피스〉 제작진 리미티드 TV 드라마화 확정!

너와 나 사이의 거리를
이해할 수 있다면

시간이 흐를수록 무심함이란 단어에서 풍기던
부정적인 느낌은 사라지고,
타인의 경계를 함부로 침범하지 않으려는
어른의 조심성이 느껴진다.
가벼운 눈인사를 하며 그 사람의 얘길 들어주고,
멀리서나마 그의 안녕을 빌어주는 어른도 꽤 멋지다는 걸,
우리 앤도 알게 될 날이 올 거다.

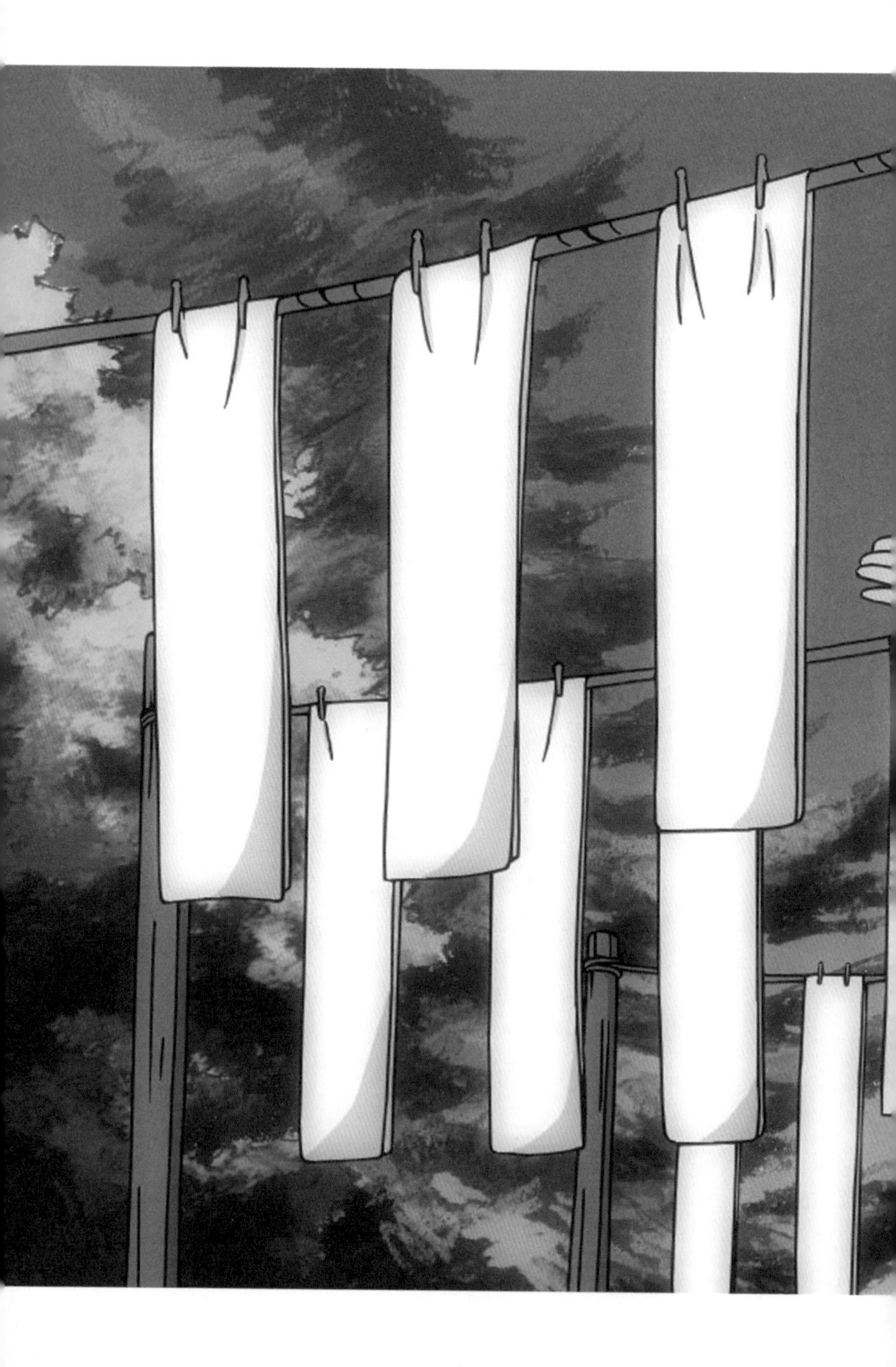

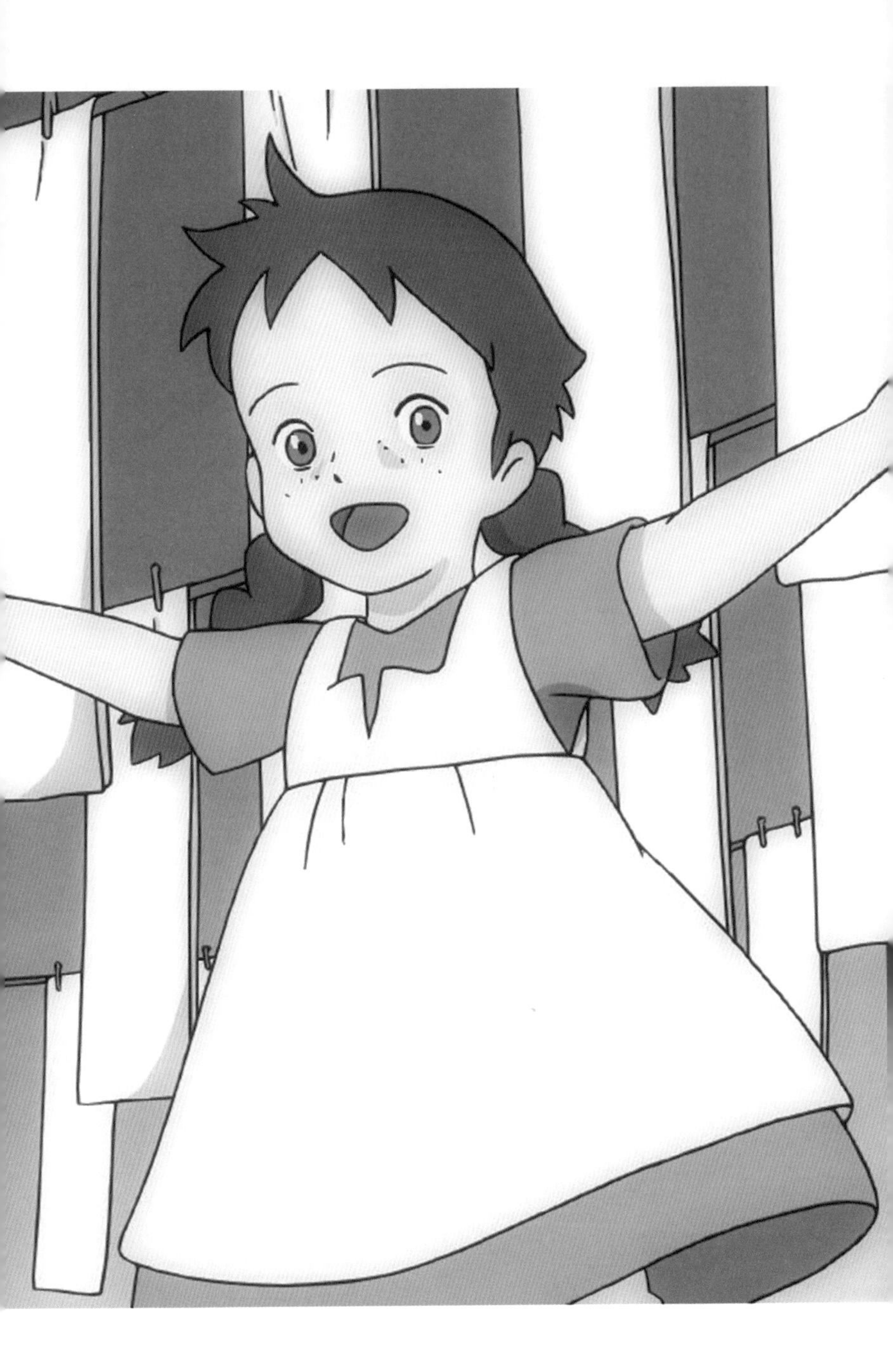

세상에 나쁜 날씨는 없다

버트 아저씨나 조애너 아주머니가 입버릇처럼 하는 말이 있다. "흥, 분명 또 사고를 치겠지. 앤이잖아!" 너처럼 실수를 많이 하는 사람은 본 적이 없다는 말은 조애너 아주머니에게도, 마릴라 아주머니에게도 수시로 듣는다. 앤은 실수를 계속하다 보면 언젠가 자신도 실수하지 않을 때가 올 거라고 말했지만 정말 그런 날이 오긴 할까. 그리고 앤의 실수가 나쁘기만 한 걸까.

핀란드의 초등학교에서는 아이들이 각설탕으로 저마다 작은 건물을 만드는 수업을 한다. 얼핏 보면 평범한 공작 시간처럼 보이지만 여기에는 분명한 의도가 있다. 각설탕을 쌓으며 거듭되는 실패에도 아이들이 새롭게 시도하는 법을 배우고, 실수나 실패에 대한 부정적인 태도를 바꾸는 법을 익히기 때문이다.

미국항공우주국NASA의 특정 부서에는 공학자들에게 위험을 무릅쓰고 시도하도록 격려하는 조직 문화가 있다. 실제로 엄청난 돈을 쏟아부어 실험하는 우주선이 공중에서 폭발할 때마다 우주 비행 관제 센터는 박수와 격려로 채워졌다. 메리 파이퍼의 책 『나는 심리치료사입니다』를 보다가 미술 선생님에 관한 글을 읽었다. 흥미로운 건 그 선생님이 학생들에게 그림을 그릴 때 지우개를 사용하지 못하게 한다는 내용이었다. 선생님은 아이들에게 늘 말했다.

"실수를 지워버리지 마세요. 아름답게 만들어보세요."

앤에게 이런 선생님이 있었다면 어땠을까. 또 실수했냐는 지적 대신 호기심 많고 모험심 강한 성격 때문에 오히려 격려받지 않았을까. 물론 살다 보면 얼굴이 화끈거리는 실수로 얼룩진 나를 빼내 오고 싶은 순간들이 있다. 그런데 문득 내 실수를 지우지 않고 남겨둔 채 그 위에 다시 그림을 그렸다면 어떤 모양일까 싶다. 별을 그리려다가 잘못해 삼각형을 그렸다거나, 동그

라미를 그리려다가 각진 부분이 많아 포기했더라도 만약 그 위에 다른 선을 조금씩 그어볼 수 있었다면 지금과 다른 그림이 되었을지 모른다.

좋은 실패와 나쁜 실패를 구별해야 한다. 좋은 실패는 새로운 도전 과정에서 나오는 것이고, 나쁜 실패는 자만과 부주의로 같은 실수를 반복하는 것이다. 흥미로운 건 실수와 실패가 더 나은 길로 가는 여정일 때도 많다는 사실이다. 적어도 그렇게 믿고 다시 한 번 시도할 때 우리는 조금씩 나아간다. 메리 파이퍼의 책에서 가장 좋아하는 문장에 밑줄을 그었다.

> "초보 심리치료사였을 때, 저는 다음 질문을 여러 형태로 변형해서 내담자에게 물어보라고 훈련을 받았습니다. '다른 사람들이 당신을 어떻게 대합니까? 당신은 그에 대해 어떻게 느낍니까?' 시간이 흐르면서 저는 이렇게 묻는 경우가 더 많습니다. '당신은 다른 사람들을 어떻게 대했습니까? 그리고 당신은 그들이 어떻게 느끼도록 했습니까?' 좋은 심리치료는 마음의 풍경을 바꾸어야 합니다."

"당신은 실패할 때마다 앞으로 나아가는 사람,
희망을 잃지 못하는 사람."

훗날, 앤은 실수 많은 아이가 아니라 호기심 가득한 아이로 피어난다. 지적하고 호통치는 양육자가 아니라 사랑을 듬뿍 주는 매튜 아저씨와 마릴라 아주머니 덕분에 실수를 통해 성장하고, 같은 실수는 반복하지 않는 침착한 어른이 되는 것이다. 실패나 실수는 어떻게 바라보느냐에 따라 우리에게 더 큰 가르침을 준다.

이럴 때 기억해두면 좋을 스코틀랜드 속담이 하나 있다. 세상에 나쁜 날씨는 없다. 맞지 않는 복장이 있을 뿐이다. 날씨는 계속 변한다. 자라나는 아이도 그렇다.

밤하늘 위의 눈보라

내 기억 속 가장 아름다웠던 밤하늘은 서른이 되던 해, 인도 마하라슈트라주 어느 시골 마을에서 본 밤하늘이다. 한두 시간 거리에 세계적 유산인 아잔타 석굴이 있었지만 전기가 들어오지 않았고, 물을 긷기 위해 한 시간을 훌쩍 넘게 걸어 다녀야 하는 오지였다.

밤이 오자 마을이 온통 어둠에 잠겼다. 처음에는 어둠이 무서웠다. 그러나 점점 어둠에 익숙해진 눈은 방 안에 켜놓은 희미한 촛불 속에서도 많은 걸 찾아냈다. 그 밤, 내 손을 밖으로 이끌었던 건 머물던 곳의 할머니였다. 치아의 뿌리가 보일 정도로 이가 나빴던 할머니는 치과에 갈 수 없어서 진통제로 겨우 통증을 달랬는데, 비상용으로 가지고 갔던 타이레놀을 모두

선물한 내게 말없이 밖으로 나가자고 손짓했다.

어둠 속이지만 할머니에게는 익숙한 길이 틀림없었다. 하지만 한 치 앞도 안 보이는 캄캄한 길에서 중심을 잡기가 힘들었던 나는 거의 할머니 손에 끌려 걷다시피 했다. 넘어지지 않기 위해 고개를 숙이고 걸음에 집중하다 보니 얼마나 걸었는지 감조차 오지 않았는데, 할머니가 갑자기 멈춰 서서 내 어깨를 툭 건드렸다.

8월이었다. 분명 한여름이었는데 고개를 들고 본 하늘 위에선 눈이 내리고 있었다. 눈보라가 몰아치고 있었다. 태어나서 한 번도 본 적 없으므로 평생 상상조차 해본 적 없는 그 눈보라의 정체는 밤하늘의 별이었다. 별의 무게 때문에 하늘이 금세 무너져 내릴 것 같았다. 별들이 뺨에, 이마에, 손에 닿을 듯 가까웠다. 그제야 나는 이 밤의 풍경을 어렴풋이 이해할 수 있었다. 그 옛날, 고흐가 본 하늘을 나 역시 보고 있다는 걸, 고흐의 〈별이 빛나는 밤에〉는 상상이 아닌 그의 눈에 보인 실제 모습이었다는 걸 말이다.

할머니는 거의 고개를 들지 않고 별을 바라보고 있었다. 마치 저 모습으로 평생 동안 별을 봐 온 사람처럼. 별들이 흩어져 은

빛 물고기처럼 흐르며 서로에게 맞부딪치는 소리가 들리는 것 같았다.

거대한 은하계 속 지구, 인도의 낯선 시골에 와 있는 내가 작게만 느껴졌다. 하지만 내가 저 별과 연결되어 있다는 걸 알 수 있었다. 내가 보고 있는 저 별을 누군가도 보고 있을 거란 생각에 먼저 세상을 떠난 내 어린 친구도, 그리워했으나 다가갈 수 없었던 사람도, 이제는 이름조차 잊힌 사람들까지도 모두가 이 별에서 왔다는 생각이 들었다. 저 하늘의 별을 볼 수만 있다면, 우리는 모두 연결되어 있는 것이다.

런던으로 꼭 데려가겠다는 약속을 지키지 못하고 엘리자 언니가 남편과 떠나버린 날, 앤은 절망한다. 굳게 믿었던 언니는 약속을 지키지 못했고, 이곳을 떠나 런던의 학교에서 공부할 수 있다는 앤의 꿈도 사라진 것이다. 하지만 마냥 슬퍼할 시간조차 앤에게 주어지지 않는다. 임신 중이었던 조애나 아주머니에게 갑자기 진통이 찾아온 것이다. 하루 종일 집안일에 시달린 데다 영양 상태가 좋지 않았던 아주머니는 유산될 위기에 처한 아기를 낳기 위해 사투를 벌인다. 그동안 앤 역시 있는 힘껏 아주머니 옆을 지킨다.

"난 엘리자 언니가 떠나고 까만 어둠 속에 가라앉은 것만 같았어.
그런데 아기가 태어나고 울음소리를 들으니까
마음속에서 무언가 태어났어.
마치 방주에 탄 노아가 된 기분이었어."

"'아, 이 세상에 다시 땅이 태어났구나.
또다시 희망이 태어났어.'
마른 땅을 보고 노아는 그렇게 말해.
그러니까 맞아. 아기의 이름은 '노아'야."

그리고 마침내 큰 울음을 터뜨리며 태어난 노아를 본 순간, 앤은 깨닫는다. 언니가 떠나고 난 후의 슬픔이 사라진 건 아니지만 새로운 기쁨이 다가왔음을.

노아가 태어난 새벽녘 앤은 맑아진 머리로 하느님께 감사 기도를 한다. 그때, 어린 앤의 얼굴에 흐르던 눈물은 어떤 의미였을까. 사랑하는 사람이 떠난 후 생긴 상실과 사랑하게 될 어떤 존재를 예감하는 두 가지 의미 모두가 아니었을까. 너무 아름다운 것을 보다 울어버린 앤을 바라보며, 그 옛날의 내가 떠올랐다. 그저 말없이 앤의 손을 잡아주고 싶었다. 치아가 몇 개 남아 있지 않던 인도의 할머니처럼.

가장 빛나는 별을 보기 위해선 가장 깊은 어둠 속으로 걸어가야 한다. 그것이 가장 아름다운 별을 보는 방법이다. 가장 큰 희망은 가장 큰 절망에서부터 시작된다. 그러므로 나를 구원한 아름다운 말들이 대개 어둠 속에서 탄생했다는 건 그리 놀랍지 않다. 비밀은 모두 어둠 속에 있었다. 어둠이 슬픔도, 기쁨도 지워버렸기 때문에 그의 말이, 그녀의 속삭임이, 귓속으로 흘러 들어와 마침내 내 가슴속 어딘가에 고여 안착한 것이다.

눈을 감고 있을 때, 말은 더 잘 들린다. 그때는 보이는 것이 아니라 들리는 것에 집중해야 한다. 더 잘 듣게 된 사람에게는 더 잘 볼 수 있는 또 다른 세계가 열린다. 노아. 앤에게 그 이름은 오랫동안 사랑의 다른 말이었다. 앤은 그것을 직감적으로 알고 있었다. 그래서 절망이 지나간 후 나타난 그 희망이 그토록 아이의 눈에 잘 보였던 것이다.

"인생이란 건 신기하네요.
기쁜 마음과 슬픈 마음이 마구 흘러넘쳐요.
에그맨 아저씨와 핸더슨 선생님이 떠나는 건 슬프지만,
노아의 웃는 얼굴, 예쁜 눈을 보는 것만으로 즐거운 걸요."

설레는 사람이 이긴다

내가 어린 시절 읽었던 이야기 속 전학생들은 늘 하얀 얼굴에 신비로운 분위기를 가진 인물로 등장했다. 하지만 부모님 때문에 실제로 여러 학교로 전학을 다녀야 했던 한 친구의 얘길 들어보면 어릴 때는 전학만 한 스트레스가 없다고 한다.

웬만한 스트레스는 잘 견디는 앤이지만, 앤은 전학을 능가하는 다양한 이별을 겪는다. 양육자가 수시로 바뀌는 건 물론이고 주거 공간에 선생님까지 바뀌니 그때마다 다른 환경에 적응하는 건 결코 쉽지 않았을 것이다. 현대인들의 고질병인 스트레스를 어떻게 풀어야 하느냐고 한 정신과 선생님께 물었던 적이 있다.

"스트레스는…… 안 풀려서 스트레스인 거예요."

그의 말에 따르면 스트레스 받지 말라는 말 자체도 스트레스라는 것이다. 창문만 열어도 미세먼지 수치 때문에 스트레스를 받는 요즘, 스트레스에서 벗어나는 게 가능할까. 그렇다면 이젠 질문을 바꿔야 하는 거 아닐까. 스트레스가 풀리지 않는 것이라면 피하는 게 능사일까. 『스트레스의 힘』에서 스트레스에 대한 새로운 시각을 발견했다.

> "최근의 과학 연구에 따르면, 스트레스를 받으면 더 영리해지고 더 강인해지며 더 큰 성공을 거두기도 한다. 즉, 스트레스는 우리가 깨달음을 얻고 성장하는 데 도움을 준다. 심지어 용기를 북돋아주고 동정심을 불러일으키기도 한다. 스트레스를 관리하는 최상의 방법은 그것을 줄이거나 피하는 것이 아니라 스트레스에 대해 다시 생각해보고 심지어 이를 포용하는 것이다."

앤은 이 책을 100번쯤 읽은 게 틀림없다. 그렇지 않고서야 여섯 살 아이가 삶의 비밀을 알아낸 것처럼 말한다는 게 가능한가. 만성 피로에 시달리는 우리는 지금보다 빨리 은퇴하고, 덜 바쁘면 더 행복해질 거라 믿는다. 하지만 예상 외로 사람들은 바쁠 때 더 행복하고, 심지어 더 많은 양의 일을 떠맡았을 때 더 행복해한다.

무엇보다 스트레스를 느끼면 사람은 본질적으로 '의미'를 찾기 위해 노력한다. 지금 이 순간이 아니더라도 인생이라는 더 큰 맥락 안에 담긴 의미를 찾기 위해서 노력한다는 뜻이다. 핸더슨 선생님과 에그맨 아저씨는 결혼 후 멀리 떠나지만, 자신에게는 듬뿍 사랑해줄 노아가 있다는 사실을 앤이 새삼 깨닫는 것처럼.

전문가들은 스트레스에 대한 최고의 전략은 우황청심환을 먹으며 마음을 안정시키는 게 아니라, 그 반대라고 말한다. 인생에서 가장 중요한 시험을 앞둔 학생이든, 결승전에 나선 프로 선수든, 300명 앞에서 강연을 앞둔 동기부여 강사든, 불안한 기분이 들 때 자신이 흥분한 상태라고 생각하는 게 훨씬 더 효과적이라고 충고한다.

"그래, 심장이 두근거리는 건 좋은 증상이야! 내 몸이 지금 수행 능력에 도움을 주려고 피를 펌프질하고 있어!"

"앤의 운명은 두 갈래로 갈라져 있다고 생각했어.
함께 가는 것, 혹은 남는 것.
하지만 그게 아니었어.
어떤 운명을 선택하든 앤처럼 생각한다면
삶은 얼마든지 달라질 수 있을 거야."

훗날, 시를 낭송하기 전 무대 위를 바라보며 이를 덜덜 떨던 앤이 경쟁자인 길버트를 보며 마음을 다잡는 장면은 스트레스가 우리에게 주는 강력한 동기부여를 의미한다. 기존의 고정관념을 바꾸면 두근대는 긴장감은 곧이어 저지를 실수의 징조가 아니라, 내 심장과 온몸이 최대한의 성과를 낼 준비에 돌입했다는 증거로 뒤바뀐다. 오디션 프로그램에서 떨고 있는 가수 지망생들에게 '부활'의 리더인 김태원이 했던 말이 떠오른다.

"긴장하는 사람은 지고, 설레는 사람이 이깁니다."

관계에도
통역이 필요하다

일주일에 세 번, 집안일을 다 마치면 학교에 가도 좋다는 조애너 아주머니의 허락이 떨어지자마자 앤의 아침은 육아 전쟁 중인 워킹맘의 출근 풍경과 비슷해진다. 덕분에 앤은 지각 대장이 되지만 그래도 수업 시간에 유일하게 성공을 의미하는 단어 Success의 철자를 맞혀 핸더슨 선생님으로부터 칭찬을 듬뿍 받는다.

학습 욕구가 넘치는 앤을 유독 못살게 구는 남자애가 있는데, 그 아이의 이름은 랜돌프였다. Success의 철자를 잘못 대답해 창피를 당한 것도, 칠판 지우개를 던져 앤의 머리를 졸지에 흰색으로 만들어버린 장본인도 랜돌프였다. 소를 팔아 벼락부자가 된 랜돌프의 아버지는 아들이 가업을 잇는 대신 변호사가

되길 바라는데, 덕분에 랜돌프는 적성에 맞지 않는 공부를 하느라 늘 진땀을 빼는 중이었다.

그런 랜돌프에게 매사 손을 번쩍번쩍 들며 선생님의 질문에도 적극적인 앤은 자신을 비웃는 존재로 보여 사사건건 말다툼의 대상이 된다.

카페에서 큰 소리로 말다툼하는 연인을 봤다. 여자는 대화를 원하는 듯했고, 남자는 입을 다문 채였다. "네가 늘 그렇게 흥분하기 때문에 내가 말하기가 싫은 거야!"라는 그의 말은 대화를 원하는 그녀에게 분노로 돌아왔고, "이 순간만 벗어나면 그만인 너는 정말 비겁한 사람이야!"라는 그녀의 말은 그를 대화에서 더 멀어지게 하는 것 같았다. 그녀는 그의 침묵에 폭발했고, 그는 그녀의 흥분에 질려버린 눈치였다.

수전 케인은 『콰이어트』에서 세상의 많은 갈등이 실은 내향적·외향적 사람들 사이에서 흔히 일어나는 역학관계라고 말한다. 가령 외향적인 사람은 내향적인 사람이 힘겨운 하루를 보내고 에너지를 재충전하는 일이 얼마나 필요한지 이해하기 어렵다. 또 내향적인 사람은 자신의 과묵함이 상대를 얼마나 답답하게 하는지 이해하기 힘들다.

내향적인 사람은 갈등을 풀 때 시간을 들여 해결하려는 데 비해, 외향적인 사람은 즉각 문제를 드러내고 빠르게 해결하려는 기질이 강하다. 외향적인 사람은 시간의 대부분을 눈앞의 목표에 할당하고, 내향적인 사람은 일이 어떻게 진행되는지 파악하는 데 사용한다. 중요하게 생각하는 목표나 과정 자체가 전혀 다른 것이다.

앤과 랜돌프가 수시로 싸우기 때문에 둘 사이를 조율해야 하는 핸더슨 선생님은 무조건 화해하라고 말한다. 친구들끼리 사이좋게 지내야 한다며 억지로 두 아이를 악수 시키는 식이다. 그런 식으로 아이들의 갈등이 해결될까?

앤이 외향적이라면 랜돌프는 내향적이다. 화를 잘 내는 것처럼 보이는 랜돌프는 실은 자신의 마음을 꽁꽁 싸매고 얘기하지 못하는 성격이다. 랜돌프의 진짜 꿈은 아버지처럼 소를 키우는 목장주가 되는 것이었다. 목장 소들에게 일일이 이름을 붙여주고, 소의 상태를 살피면서 아이는 커다란 행복을 느낀다. 그러나 아버지의 강요 때문에 변호사로 꿈을 변경한 후, 아이의 내면은 급속히 붕괴돼 마음속 깊숙이 분노와 화로 들끓는다.

“아무리 공부를 잘해도
빨강머리 주근깨가 뭐가 되겠어?
빨강머리는 그냥 빨강머리라고!”

“어째서 그런 말을 하는 거야?”

“칭찬받는다고
히죽거리기나 하니까 그렇지!”

“히죽거리지 않았다고!”

아무리 열심히 하려고 해도 공부에 집중하지 못하는 자신을 스스로 비난하다가, 무엇이든 빨리 배우는 앤을 보며 분노가 폭발한 것이다. 만약 핸더슨 선생님에게 외향성과 내향성에 대한 이해가 있었다면 그녀는 앤과 랜돌프에게 각각 다른 학습 처방을 내렸을 것이다.

예를 들어 같은 일을 두고도 내향적인 사람은 격려에 반응하고 외향적인 사람은 주문에 반응한다. 내향적인 사람은 “지금도 그렇고, 계속 잘할 수 있을 거예요. 조금만 힘내세요!”라는 부드러운 말에 움직이고, 외향적인 사람은 “그것밖에 못 해요? 훨씬 잘할 수 있는 사람이잖아요. 더 집중하세요!”처럼 적극적인 요청에 성과를 낸다는 것이다.

외향적인 사람의 즉각적인 반응은 상황을 수습해 빨리 정리하길 원한다는 뜻이고, 내향적인 사람의 침묵은 상대에 대한 무시가 아니라 생각할 시간이 필요하단 뜻이다. 내가 맞고 그가 틀린 게 아니라 그저 다르게 판단하고 생각하는 것뿐이다. 나에게 적당한 온도가 다른 사람에겐 뜨겁고, 나에게 알맞은 거리가 다른 이에겐 너무 가까워 숨이 막힐 수 있기 때문이다.

카페의 다툼은 결국 여자의 대성통곡으로 끝났다. 남자는

지친 얼굴로 그녀를 침묵 속에서 바라보고 있었다. 살면서 우리는 얼마나 자주 이런 상황에 마주치는 걸까. 같은 언어를 쓰고 있는 것 같지만 우리에겐 통역이 필요하다.

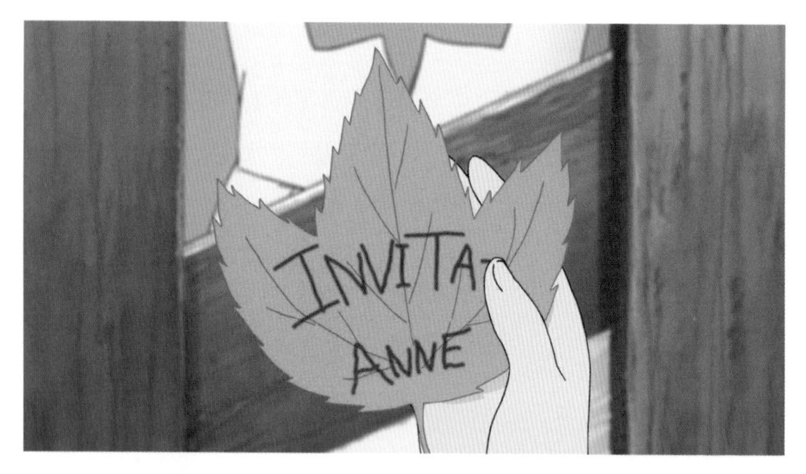

"잊지 마,
나는 언제나 네가 너무 좋다."

당연해 보이는 것들의 비밀

우주의 98퍼센트가 암흑 물질로 덮여 있다는 걸 알게 된 후, 우리가 사는 지구의 '빛'이 얼마나 예외적인 것인지 알게 됐다. 물리학자 김상욱의 말에 따르면 우리 주위에 빛이 충만하다고 느끼는 건 지구가 태양이라는 별 가까이에 있기 때문이다. 우리는 '낮'이라는 시간대와 '빛'을 당연하게 여기지만 우주 전체에서 빛은 극도로 예외적인 것이다. 그러므로 물리학자의 시선으로 보면 어둠은 빛의 부재不在일 뿐이다.

지금은 당연해 보이는 것 중 이런 현상은 의외로 많다. 당장 100여 년 전 세대만 해도 사람들은 평화를 '일시적 전쟁 부재 상태'로 생각했다. 1, 2차 세계대전이 있었고, 그보다 훨씬 전에는 온갖 종교 전쟁과 영토 확장 전쟁이 끊이질 않았다. 한 조명

전문가는 빛이 너무 많으면 생기는 부정적 효과를 지적하면서 빛이 가득한 곳을 바라보면 아무것도 보이지 않고, 빛이 나는 쪽 뒤편을 전혀 볼 수 없다고 말한다.

사진을 뜻하는 영어 포토그래프photograph의 어원은 빛photo과 그리다graph이다. 즉 빛으로 그린 그림을 뜻한다. 카메라의 어원은 라틴어 카메라옵스큐라cameraobscura로, 어두운 방 한쪽 작은 구멍으로 빛을 통과시키면 반대쪽 벽에 바깥의 풍경이 맺히는 현상을 말한다. 사진은 '빛으로 그린 그림'이지만 필름 카메라의 사진을 인화하기 위해선 암실 작업이 필요하다. 현상과 인화에 어둠이 필수적이기 때문이다.

앤에게는 밀드렛이라는 같은 반 친구가 있었다. 부잣집 외동딸에 늘 예쁜 옷만 입은 금발의 밀드렛이 앤을 괴롭혔던 이유는 무엇인가. 행복할 것만 같았던 아이가 공허해했던 이유 말이다. '아무도 날 사랑하지 않는다'고 책상에 새겨둔 밀드렛의 속내를 알게 된 앤은 반문한다.

"엄마 아빠가 있는데도 밀드렛은 외톨이인가요?"

돈으로 자신들의 부재를 해결하려고 했던 밀드렛의 부모님도, 돈 걱정은 하지 말고 무조건 공부만 하라고 주장했던 랜돌프의 아빠도 실은 이 아이들이 언제 환한 얼굴로 웃는지 잘 몰랐다.

앤처럼 부모가 없다는 건 인생의 큰 어둠이다. 하지만 내가 라디오 프로그램을 진행하는 동안 받은 여러 고민 중 하나는 부모님의 지나친 기대나 방관 때문에 생기는 정서적 문제였다. 인생은 그리 간단치 않다.

"꽃길만 걸으세요"라는 인사말을 자주 듣는다. 사는 게 어려우니 던지는 덕담일 것이다. 세월이 지나 생각해보니 타인의 기준으로 꽃길이었을지 모를 한때가 떠올랐다. 하지만 그때 나는 그리 행복하지 못했다. 부르는 곳도, 가야 할 곳도 많았지만 혼란스럽고 힘든 마음에 뒤척일 때가 더 많았다.

영화감독 기타노 다케시는 "물체는 심하게 흔들리면 그만큼 마찰이 커진다. 인간도 심하게 움직이면 열이 난다. 옆에서 보면 분명 빛나고 있는 인간이 부러울 것이다. 하지만 빛나고 있는 본인은 뜨거워서 견딜 수 없다"라는 말을 남겼다. 통찰력 있는 말이다.

"사실 나는 밀드렛이 부러웠어.
밀드렛처럼 금발머리에
큰 저택에서 살 수 있다면 얼마나 좋을까.
지금의 나는 절대 그렇게 될 수 없다고 생각하니
네가 너무 미웠어.
하지만 그건 너무 부끄러운 생각이라는 걸 알아.
넌 내게 잘못한 게 없는걸."

내게 남겨진 길이 있다면, 이제 화려한 꽃길보다 소박한 숲길이나 들길이었으면 좋겠다. 가끔 멈춰서, 활짝 핀 야생화를 만날 수 있는 그런 길…….

아무것도 기대하지 않는 사람

앤의 주변에는 어쩌면 그리 괴팍한 사람들이 많은지 손에 꼽기도 힘들다. 같은 말도 참 밉게 하는 조애너 아주머니(앤은 절대 다치면 안 돼! 나를 도와야 하니까!)부터 '미스터리 맨'으로 불리는 에그맨, 말조차 걸기 힘들 정도로 냉소적인 민튼 할머니에, 매년 아이를 낳아 생긴 우울증인 건지 도무지 표정을 읽어낼 수 없는 하몬드 부인까지. 내가 앤이었다면 몇 번이고 '아! 어른들은 정말이지 이상한 존재로구나' 생각했을 것이다.

'저 사람은 이해가 안 된다'거나 '저 나이 때 나는 저렇지 않았던 것 같은데'라는 생각이 들 때 읽은 책이 있는데 제목이 『무심하게 산다』였다. 나이가 들수록 '성격이 급한 사람은 갈수록 더 급해지고, 불 같은 사람은 갈수록 더 불 같아지는 등

대부분 내면의 그릇이 작아지는' 풍경에 대한 이야기들이 그 책에 등장한다. 나이가 들면 너그러워 보일 때도 있지만 실제로는 아무래도 상관없어서, 즉 무관심해서 그렇게 보인다는 것이다.

아! 이게 대체 무슨 날벼락 같은 말인가. 하지만 책을 읽으면서 점점 수긍할 수밖에 없었다. 가령 민튼 할머니가 앤의 명랑함에 중독돼 웃음을 되찾았다지만, 앤이 떠난 뒤에도 할머니는 하하호호 살아갈 수 있을까. 조애너 아주머니가 뒤늦게 어린 앤을 사랑하고 있다고 느꼈다지만 평생 앤을 구박하던 아주머니의 말씨가 쉽게 고쳐질까. 어른이 된다고, 시간이 지난다고, 사람이 점점 나아지는 건 아니다.

"내가 해봐서 아는데"라고 말하는 사람을 경계하는 편이다. 나 역시 어릴 때는 경험을 신봉했지만 지금은 꼭 그런 것인지 의문이 생기기 시작했다. 가령 지독한 실연으로 이성을 믿지 못하게 돼 연애 불능자가 된 후배나 자동차 사고 후 뚜벅이가 돼 세상 사는 반경이 좁아졌다는 선배, 사회부 기자로 일한 후 악랄한 범죄 현장을 목격하면서 세상에 대한 극심한 공포가 생긴 친구가 그렇다. 경험이 무조건 다 좋은 건 아니다.

물론 나이가 들면 알게 되는 것도 있다. 어려서는 운동과 무관하게 살던 내가 운동하게 된 건 건강해지기 위해서가 아니라 덜 아프기 위해서다. 살아 보니 돈이란 원하는 물건을 사는 데 쓸 때보다, 원하지 않는 일을 하지 않기 위해 쓰는 게 훨씬 더 효과적이라고 생각하게 된 것 역시 그렇다. 몇 가지 과정을 살짝 빼도 요리의 맛이 딱히 달라지지 않는다는 걸 알게 된 것도 마찬가지다. 초록색 지붕집 아이가 된 뒤에도 앤은 변함없이 이렇게 말한다.

> "린드 아주머니는 '아무것도 기대하지 않는 사람은 아무런 실망도 하지 않으니 다행이지'라고 말씀하셨어요. 하지만 저는 실망하는 것보다 아무것도 기대하지 않는 게 더 나쁘다고 생각해요."

앤에게 고백할 게 있다. 나는 앤의 말보다 린드 아주머니의 말이 더 좋다. 사람에게 기대하지 않겠다는 그 결심이 나를 보호하기 위한 마음일 때 그렇다. 그게 사람 마음이라 그렇다. 물론 기대하지 말라는 말이 행동하지 말라는 건 아니다. 상황에 따

라 형편껏 베풀 수 있을 만큼 베풀고, 나눌 수 있을 만큼 나누어야 한다는 뜻이다.

내 얘길 듣고 하늘이 무너지게 실망할 앤에게 들려주고 싶은 얘기도 있다. 우리가 원하는 것에 도달하지 못했더라도, 그 과정에서 배움이 있었다면 그것을 실패라고 부를 필요는 없다. 성공은 아니지만 그래도 성장하고 있다는 증거니까.

무심하다, 기대하지 않는다, 그냥 산다, 다행이다…… 같은 다소 부정적이고 밍밍해 보이는 이 말이 실은 어른의 말이라는 걸, 살면서 알게 되는 평양 냉면이나 초당 순두부의 심심담백한 맛처럼 아이들은 모르는 어른의 세계란 것을, 차츰 알게 될 거다. 그건 마치 서른대여섯 살 무렵의 내가 청춘이 끝났음을 직감하고 베갯잇이 젖도록 울던 날의 깨달음과도 비슷한 것이지만, 그럼에도 불구하고 살아갈 수 있음을 알게 되는 것이다. 너무너무 좋아해서 미치도록 실망했던 시절의 내가 희미해지는 대신, 그럭저럭 그냥저냥 흘러가게 놔두는 새로운 나를 만나게 되는 것이다.

기대하지 않는다는 말은 행복이 즐거움의 상태가 아니라, 고통 없는 상태라는 걸 힘들게 알게 된 사람의 말이다. 시간이 흐를수록 무심함이란 단어에서 풍기던 부정적인 느낌은 사라지고, 타인의 경계를 함부로 침범하지 않으려는 어른의 조심성이 느껴지는 날이 온다. 참견, 잔소리 같은 뜨거운 단어를 건너뛰어 적당한 거리를 둔 채 느긋하게 바라보는 어른의 무심한 시선 말이다.

어린 앤이라면 '달려가서' 반가움을 표하고, '끝도 없이' 자기 얘기를 하고, '망설임 없이' 그 사람을 포옹할 것이다. 하지만 가벼운 눈인사를 하며 그 사람의 얘길 들어주고, 가끔 안부를 묻고 멀리서나마 그의 안녕을 빌어주는 어른도 꽤 멋지다는 걸, 우리 앤도 알게 될 날이 올 거다.

삶에 힘을 주는
적당한 온도

어떤 일을 좋아하는 데 필요한 게 꼭 '열정'만은 아니다.
탁월한 능숙함이 그 일을 좋아하게 만들기도 한다.
열정이 폭발적이며 뜨겁다는 건 일종의 편견일 수 있다.
내가 아는 열정은 오히려 들뜨지 않고 차분한 것이다.
열정은 컨디션이 가장 좋지 않을 때도,
도무지 그 일을 할 마음이 나지 않을 때 역시
그것을 해낼 수 있는 냉정한 에너지에 가깝다.

"지금 이 세상 누군가에게
행복한 일이 일어나고 있다면
언젠가 나에게도 행복이 찾아올 거예요."

비우는 것으로 나를 지키다

봄이 오면 꽃 시장에 가서 마음에 드는 꽃을 산다. 단풍보다늘 꽃이 좋았다. 그런데 법륜 스님의 강연을 듣고 나니 '단풍도 참 좋구나' 싶었다. 스님은 잘 늙음이 청춘보다 좋을 수 있는 이유를 단풍에 빗대어 말했다.

"꽃은 떨어지면 지저분하게 변색되지만 단풍은 길을 융단같이 덮습니다. 책갈피에 넣어 쓸 수도 있고요."

단풍은 자신을 공격할지도 모르는 해충에 대한 나무의 경고다. 몸에 있는 것을 전부 떨구고, 색 전체를 바꾸는 행위에는 엄청난 노고가 따른다. 그러므로 또렷한 가을 빛을 내는 나무는 주위의 그 어떤 나무보다 건강하다. 나무의 겨울나기는 먹을 것을 극한까지 비축해 견디는 동물의 그것과 정반대로 이

루어진다. 나무는 축적하는 것이 아니라 비우고 떨구듯 버리는 것으로 혹독한 겨울 준비를 마친다.

단풍을 노년에 비유하면 생각이 더 풍성해진다. 이를테면 나이가 들수록 잔소리가 많아지는 건 경험이라는 빅데이터가 쌓여서 말하지 않고는 견딜 수 없기 때문이다. 이렇게 해야 잘될 것이고, 저렇게 하면 망할 것이라는 자기 체험의 데이터 말이다. 하지만 들을 귀가 없는 사람에게 하는 좋은 말은 잔소리일 뿐이다.

이걸 인정하기 어렵기 때문에 나이가 들면 끝까지 경청하는 것이 어렵고, 중간에 말을 자르거나 자주 노여워하는 것도 사실이다. 자기 성찰이 없다면 꼰대로 가는 지름길이 펼쳐지는 것이다. 가을 단풍을 보며 아름다움에는 고통이 따른다는 걸 기억하는 건 그렇기 때문에 좋은 공부다.

"저에게 좋은 일이 일어나지 않는다면 이 세상 누군가에게 분명 좋은 일이 일어났을 거라고 믿기로 했어요. 예를 들어 딸기를 기르는 사람에게 좋은 일이 일어났다고 해봐요. 그 사람은 행복한 기분이 돼서 딸기를 행복한 마음으로

기를 수가 있어요. 그러면 딸기는 아주 맛있어져요. 꽃도 말을 걸고 애정을 듬뿍 쏟으면 예쁘게 피잖아요?"

앤의 이 말은 내게 "겨울은 추워서 좋고, 여름은 더워서 좋습니다. 둘 다 좋아해요"라는 스님의 말을 연상시켰다.

"행복한 기분으로 기른 딸기는 달콤하고 맛있는 딸기가 되는 거예요. 그리고 제가 그 딸기를 먹을지도 몰라요. 그러면 저는 행복한 기분이 되겠지요? 그러니까 저에게 좋은 일이 일어나지 않아도 다른 누군가에게 일어나면 언젠가 저에게도 좋은 일이 찾아올 거예요."

내가 배우 신애라를 좋아하게 된 건 그녀가 마음으로 낳은 아이 둘을 사랑으로 키우고, 평소 기부를 많이 하는 이유 때문만은 아니다. 몇 년 전, 남편 차인표와 함께 출연한 한 여행 프로그램에서 자궁에 근종이 생겨 자궁 적출을 했다고 고백하는 그녀를 본 후다. 그녀는 원하지 않던 방식으로 자신의 자궁적출 사실이 기사화됐었다고 말했다.

"저에게 좋은 일이 일어나지 않아도
다른 누군가에게 그 행운이 간다면
언젠가 제게도 좋은 일이 찾아올 거예요."

"앤, 네가 네 부모님에게는
그런 행운이었을 거다."

이에 남편이 너무 화가 난 나머지 병원은 물론 관련 기자의 고소까지 언급하는 모습을 보다가 이렇게 반문했다고 했다.

"당신 자궁이야? 내 자궁이지! 그 사람들은 그냥 그 사람들 일을 한 거야."

그녀는 누구에게나 살면서 힘든 일이 생길 수 있는데 유명한 배우가 자궁 적출을 했으니 비슷한 일을 겪고 있는 어떤 사람에게는 도리어 위안이 될 수 있겠다는 생각이 들었다고 했다. 이미 벌어진 일이니 상황을 긍정적으로 받아들이고자 했던 것이다.

여자로서 숨기고 싶었을 자궁 적출 소식이 실시간 검색어에까지 오르내리는 상황이었다. 그런데도 어떻게 그녀는 불행이 아니라 행복 쪽으로 자신을 이토록 고집스레 돌려세울 수 있었을까. 그녀 역시 앤을 좋아하고, 앤의 말을 가슴에 간직하고 다니는 사람이 아니었을까.

사는 동안 어리면 철없어서, 나이 들면 말 많아서 싫다고 푸념한 게 몇 번인가. 앤처럼 세상을 보면 지금 이곳이 얼마나 풍요로울까 싶다. 앤은 좋아할 이유부터 찾는다. 나의 불행이 누군가의 다행이 되리라 여기고, 그렇게 비워낸 자리에 새로이 차

오르는 무언가를 상상하는 앤 셜리식 사고법. 앤처럼 말하고 앤처럼 생각하며 살 수 있다면 얼마나 좋을까.

"운명은 별들이 정한다고 하지만,
노력에 따라 얼마든지 바뀔 수 있어요.
인간은 그래서 아름다운 존재인가 봐요."

노력이 재능이다

꿈을 잊지 않는 것. 실패해도 계속 시도하는 것. 앤의 말처럼 꿈을 좇아 도전하는 것은 중요하다. 하지만 10년을 공부해도 매번 공무원 시험에서 떨어졌다면? 직장을 포기하고 도전한 배우 오디션에 5년째 낙방만 하고 있다면? 가수가 되기 위해 열정을 다한 연습생 생활이 8년째 이어졌지만 아직 데뷔하지 못하고 있다면? 그래도 우리는 몇 번씩 일어나 다시 꿈을 위해 노력해야 하는 걸까.

열정 신드롬을 일으킨 스티브 잡스의 말에 의문을 제기한 사람이 있다. 만약 젊은 시절 잡스가 스스로 얘기한 '열정을 좇으라!'는 조언에 따라 오직 자신이 사랑하는 일만 추구했다면 인도 사상에 심취했던 그는 젠禪 센터에서 가장 유명한 강

사가 되어 있을지 모른다는 것이다. 『열정의 배신』에서 칼 뉴포트는 청년의 63퍼센트가 '직업에 매우 불만족'하다고 답했다는 점을 지적하며 열정 중심의 커리어 관리 전략의 문제점을 말한다.

> "열정론이 사람들로 하여금 어딘가에 마법 같은 '딱 맞는 일'이 자신을 기다리고 있으며, 그 일을 찾기만 하면 자신이 바라던 바로 그 일이라는 걸 단숨에 알아챌 수 있으리라는 생각을 심어준다는 사실을 알게 됐으니까요. 여기서 문제는 이런 확신을 실현하는 데 실패할 경우 만성적인 이직이나 자신에 대한 회의감 등의 부작용이 따른다는 것입니다."

밀레니얼 세대는 입사와 동시에 퇴사를 고려한다는 말이 있다. 처음 생각처럼 그 일이 자신에게 맞지 않는다는 이유가 가장 크다. 어째서 이런 일이 생길까. 당장 영화나 드라마만 보더라도 자신의 꿈을 좇아야 한다는 식의 스토리가 많다. 하지만 실제로 열정을 가진 바로 '그 일'을 잘하려면 엄청난 시간이 걸린다는 건 보여주지 않는다. 우리의 연애가 로맨틱 코미디가 아닌 것처럼 실제와 현실 사이의 괴리는 크다.

일에 대한 뜨거운 열정이 우리를 배신했다면 직업에서 가장 중요한 건 뭘까. 다양한 직업군을 조사한 결과 누가 자신의 일을 천직으로 여기는지 예측하는 강력한 지표가 있었다. 바로 '근무 연수'다. 놀랍게도 더 오래 일한 사람일수록 자신의 일을 사랑하는 사람이 더 많았던 것이다.

달리기든 글쓰기든 춤이든 능숙해질 만큼 오래 반복 연습하는 것이 만족도를 끌어올리는 유일한 방법이다. 처음에는 원하는 일이 아니었다 해도, 숙련되는 과정에서 비로소 '해야 할 일'은 '할 수 있는 일'이 되고, '잘하는 일'이 되기 때문이다. 이것은 자신이 일을 통제할 수 있다는 자신감과 행복감으로 이어진다.

능숙함은 늘 인내심을 요구한다. 하지만 못하는 걸 잘하는 게 아니라, 잘하는 일을 점점 더 잘하게 되는 것이 끝내 전문가를 만든다. 어떤 일을 좋아하는 데 필요한 게 꼭 '열정'만은 아니다. 탁월한 능숙함이 그 일을 좋아하게 만들기도 한다.

열정이 폭발적이며 뜨겁다는 건 일종의 편견일 수 있다. 내가 아는 열정은 오히려 들뜨지 않고 차분한 것이다. 열정은 컨디션

이 가장 좋지 않을 때도, 도무지 그 일을 할 마음이 나지 않을 때 역시 그것을 해낼 수 있는 냉정한 에너지에 가깝다.

작가로 산 지난 15년간의 내 경험을 얘기하면, 신문사나 방송사가 원하는 사람은 폭발적이고 기발한 천재성을 가진 사람이라기보다 원고 마감을 지키고, 최악의 컨디션에서도 꾸준한 실력을 보여주는 사람이었다. 이제 나는 노력 역시 재능이라 고쳐 부르기 시작했는데, 신이 준 가장 큰 재능이 노력이라고 믿게 됐다.

열정에 대해 새겨들어야 할 말을 한 사람으로 심리학자 대니얼 길버트가 있다. 그는 사람들의 관심사가 생각보다 훨씬 더 자주 변하며, 관심사를 과대평가해선 안 된다는 연구 결과를 잇따라 발표했다. 지금 열정을 갖고 있는 분야에만 초점을 맞추면 곧 열정이 식어버릴 분야로 뛰어들 위험이 있다고 경고한 것이다. 한 우물을 파는 건 지금처럼 변화무쌍한 시대에는 위험한 선택이 될 수도 있다.

앤은 어쩌다 선생님을 꿈꾸게 되었을까. 퇴근길 언제나 앤에게 책을 빌려다 읽어주었던 엘리자 언니와 시를 좋아해서 여러 편 암송해주던 핸더슨 선생님의 영향이 컸다. 부모님이 교사

였다는 사실 역시 앤의 무의식에 영향을 미쳤을 것이다. 앤도 초보 선생님 시절 많은 실수를 저질렀다. 하지만 다양한 시행착오를 겪으며 해야 할 일이 할 수 있는 일이 되고 마침내 잘하는 일이 되는 과정을 겪었을 것이다. 앤은 반복되는 일상 속에서 새로운 것을 발견하며 조금씩 자신의 전문성을 키워나갔을 것이다. 그렇게 오랜 시간 단련된 탁월함은 어떤 것보다 단단하다.

요리에 대한 열정으로 식당을 내는 것과 식당을 운영하는 일은 다르다. 극심한 경영난을 겪으면서도 매일 가게를 열고, 음식을 준비하고, 손님을 응대하며 쌓이는 피곤과 불안 속에서도 새로운 조리법을 개발하는 일은 열정의 다른 이름인 성실함과 인내심이기 때문이다. 열정의 관건은 쉼 없는 전진과 꾸준함이다.

배우는 법을 배우기

집 근처 테니스 코트에서 백핸드 연습을 하는 사람을 봤다. 그는 단 한 번도 공을 제대로 쳐내지 못했다. 자신이 공이 오는 위치보다 높게 스윙한다는 사실을 모르는 것 같았다. 왜 팔을 낮추지 못하는 걸까. 조금만 낮춰도 공을 쳐낼 수 있을 텐데! 그는 계속 헛스윙을 하며 잘못된 동작을 반복하고 있었다. 이런 경우 대개 사람들은 자신의 팔이 높이 올라간다는 걸 '실제로' 모른다. 아는 걸 고칠 수는 있어도 모르는 걸 고치기는 힘든 법이다.

작가 생활을 하는 내내 강연은 내게 늘 고역이었다. 100명 규모 공연장에서 단 두 명의 청중만 놓고 강연한 적이 있는데, 더 솔직해지면 어느 교회 강당에는 단 한 명도 오지 않은 적도

있다. 바빠서 미처 홍보를 못했고, 신청자들이 단체로 소풍을 떠나게 됐고, 폭우가 쏟아지기도 한 그 모든 정황이 내게 딱히 위로가 되지는 않았다(비가 오는 날 단체 소풍을 떠났을 리도 없으니 담당자가 내게 선의의 거짓말을 한 것이었다). 강연 담당자가 끓여준 녹차 한 잔을 마시며 텅 빈 강당에 둘이 앉아 한 시간 동안 인생 얘기를 하는 것으로 끝이 나긴 했지만 강연은 줄곧 내게 두려움 그 자체였다.

강연 전날에는 스트레스 탓인지 밤잠을 설치는 경우가 많았다. 하지만 『빨강머리 앤이 하는 말』을 낸 후, 강연을 꼭 해야만 하는 상황이 닥쳤고, 이 문제를 내내 피할 수 없다는 걸 깨달았다. 그렇게 4년 전, 나는 처음 강연 코칭을 받았다. 그런데 코치는 내게 강연 리허설을 촬영한 동영상을 반드시 봐야 한다는 조건을 붙였다. 내가 스스로 어떻게 하고 있는지 알아야 한다는 것이다.

미루고 미루다 더 이상 미룰 수 없게 된 날, 10초 정도 동영상을 본 후, 나는 재빨리 스톱 버튼을 누르고 눈을 감았다. 그런 식으로 5분쯤 영상을 보다가 한 시간을 꺼놓고, 10분쯤 보다가 3시간을 흘려보냈다. 결국 약속 전날 새벽까지 나는 내

동영상을 끝까지 보지 못했다.

고백하자면, 70분짜리 강연 동영상을 보는 데 이틀이 넘게 걸렸다. 이게 나인가? 사람들의 눈에 내가 정말 이렇게 보일까? 내가 원래 저런 표정을 지었나? 저건 내 모습이 아닌데! 내가 생각한 내 모습이 아니라, 보고 싶지 않은 실제 내 모습을 본다는 건 상상한 것보다 훨씬 더 힘든 일이었다. 요즘 아이들이 포토샵으로 편집한 자신의 얼굴을 실제 얼굴로 느낀다는 얘길 들었는데 딱 그 짝이었다. 동영상 속의 나는 나인 게 분명했지만, 전혀 모르는 나 같았다. 하지만 그 과정을 통해 대중 앞에 섰을 때 나도 모르게 나오는 내 문제를 비로소 '인식'할 수 있었다.

출판사 회의실에서 처음 강연 리허설을 한 날, 동영상을 찍는다는 걸 알았기 때문에 나는 일부러 평소보다 사람들의 눈을 보려고 의식적으로 노력했다. 그래서 리허설이 끝난 후, 코치가 내게 강연장 안에 있는 사람들을 전혀 보지 않는다고 말했을 때, 정말 당황했다.

"아닌데요? 잘못 보신 거예요. 저는 계속 사람들 눈을 바라봤어요."

"앤, 사람들 앞에서 연극을 하는 거야!
그 기부금을 모아서 책을 사는 거지!"

"마음속에서 몇 번이나 연극을 한 적이 있어요.
하지만 정말 할 수 있다니.
아~ 선생님, 저 살아 있어서 다행이에요."

코치는 내 말을 조용히 듣더니 다시 한 번 내가 강연 중 그 누구의 얼굴도 보지 않는다고 말했다. 그녀의 목소리는 차분하지만 단호했다. 그 믿기지 않는, 아니 믿을 수 없는 말이 사실이라는 건 실제 촬영한 동영상을 모두 본 후 알았다. 코치가 옳았다. 내 눈은 종종 갈 곳을 잃은 듯 이리저리 흔들리고 있었다.

코치는 미간을 자주 찡그리고 얘기하는 습관이 강연 내내 불필요한 긴장을 유발했을 거라는 말도 했다. 강연 후 두통이 생긴다는 내 말을 놓치지 않은 것이다. 결과적으로 나도 모르는 이런 나쁜 습관들의 악순환이 강연을 더 어렵게 만든 것이다. 강연 중 자주 입이 마르고, 목이 아팠던 건 그런 긴장의 결과였다. 강연 코치가 팁 하나를 주었다. 강연 시작 전에, 청중들에게 미리 자주 물을 마시는 습관이 있으니 양해를 부탁한다고 공지하라는 것이다. 그러면 긴장이 훨씬 더 줄 거라고 말이다.

나는 코칭 후, 심리적인 이유로 미간에 보톡스를 맞기로 결정했다. 또 강연용 파워포인트 자료를 바꾸고, 강연 전 리허설을 새로 설계했다. 강연장 안에 있는 두 사람을 각각 오른쪽과 왼쪽에 정하고, 그들을 내 친구라 생각하며 눈을 맞추는 이미지 트레이닝도 했다. 강연 전 새로운 습관도 생겼다. 강연장에 30분 먼저 도착해, 화장실에서 손을 닦는 동안 거울 속 나를 보며 있는 힘껏 미간을 한 번 찡그리고, 그 반동보다 훨씬 더 크게 웃는 것이다. '내일은 아직 아무것도 실패하지 않은 하루'라고 말하는 앤처럼 내 안의 두려움을 떨쳐내기 위한 나만의 주문이었다.

개인적인 얘길 꺼내는 건 내가 그때 '코치'의 중요성을 절감했기 때문이다. 어찌할 줄 몰라 헤맬 때뿐만이 아니라, 잘하고 있다고 생각(대개는 착각!)할 때조차 그렇다는 걸 깨달았다. 이전의 나는 내가 뭘 어떻게 하고 있는지도 모르는 채 그저 열심히만 하는 사람이었다. 다시 말해 '배우는 법을 배워야 할 필요'를 느끼지 못한 채 뭔가 한 것이다. 그러나 중요한 건 내가 옳다고 생각하는 방식으로 '열심히' 하는 게 아니라, 신중하게 계획된 방법으로 '제대로' 연습하는 것이다. 지난 10년 동안 이것은 내가 깨달은 가장 중요한 것 중 하나다. 지금 필요한 건 그러므로 '관성적으로 연습하기를 멈추고 이성적으로 관찰하는 것'이다.

앤에게는 다행히 인생의 중요한 순간마다 그런 코치가 등장한다. 기부금을 모아 아이들이 읽을 책을 사주고 가능성을 북돋아준 핸더슨 선생님. 선생님은 앤에게 책 읽는 법을 차근히 알려준다. 앤은 선생님이 '모두에게 힘을 주는 태양'이라며 아무리 비가 오는 날이라도 달려서 학교에 가고 싶다고 말한다. 아이에게 배움을 즐겁게 느끼도록 만드는 건 모든 선생님들이 가장 배우고 싶어 하는 기술일 것이다.

최고의 성악가도 보컬 트레이닝을 받고, 최고의 타격수도 매해 타격 지도를 받으며 끊임없이 자신의 타격 자세를 미세 조정한다. 그때, 코치의 평가는 나를 비추는 거울이 된다. 배움의 과정은 우리가 무엇을 '해야 하는가'만이 아니라 무엇을 '하지 않아야 하는가'라는 질문도 포함하기 때문이다. '좋은 습관'을 만드는 것만큼 '나쁜 습관'을 버리는 것이 삶을 결정짓는다.

『빨강머리 앤이 하는 말』을 내고 지난 4년 동안, 나는 100회가 훌쩍 넘는 강연을 해냈다. 단 열 명이 모인 아담한 강연장부터 800석이 꽉 찬 넓은 강당에서, 암 환자들이 모인 대학 병원의 로비와 석 달 후 폐교되는 시골의 중학교 교실에서도 사람들 앞에 섰다. 엄마가 맡길 곳이 없어 데려온 아이가 갑자기

울음을 터뜨리거나, 지진을 알리는 재난 경보가 울려 대다수의 청중들이 도중에 나가버린 당황스러운 순간도 있었지만 모두 무사히 마칠 수 있었다. 더 이상 미간을 찡그리지 않고, 사람들의 눈을 피하지 않고, 목이 마르면 테이블 위의 물을 천천히 마시며 그곳에 온 사람들과 나의 이야기를 나눌 수 있었다.

여전히 강연은 내게 떨리고 두려운 일이지만 그럼에도 불구하고 나아갈 때, 조금씩 강해진다는 것도 배우고 있다. 내가 이 모든 성공과 실패에서 조금 더 배울 수 있다면, 나는 그날의 사람들, 그날의 날씨와 숨소리들에 맞는 더 정확한 말을 꺼내 사람들과 나눌 수 있을 것이다.

"메아리 너도 외톨이니?
나처럼 주근깨투성이 말라깽이에
아무도 소중히 여겨주지 않아서
저 연보라색 산골짜기에 살고 있는 거구나.
넌 내 이야기를 들어줄래?"

선불리
위로하지 말 것

진행하던 라디오 프로그램에서 남편을 사고로 잃은 친구를 어떻게 위로해야 할지 모르겠다는 사연을 읽었다. 두 아이들을 잠시 친정에 보냈다는 친구의 슬픔에 압도당한 나머지 내내 침묵하다, 아무 말도 못한 채 친구의 손만 잡고 있던 자신이 너무 무력하게 느껴진다고 했다.

어린 앤의 이야기 중에서 가장 마음 아팠던 장면은 버트 아저씨의 갑작스런 죽음이었다. 술주정뱅이에 가족을 돌보지 않던 과거의 자신을 버리고 새로 태어나겠다고 결심한 순간의 죽음이라 그랬고, 적어도 앤에게는 아저씨가 끝까지 모질지 않았던 걸 생각하면 더 그렇다. 하지만 이 비극 앞에서 남편을 잃은 조애너 아주머니의 슬픔이 가장 컸을 것이다. 젖먹이 아기를

포함한 네 명의 남자아이들을 혼자 키워낼 생각을 하면 앤의 슬픔은 눈에 잘 보이지 않았을 것이다. 그렇다면 슬픔에 갇힌 사람을 우리는 어떻게 위로해야 할까.

> "남에게 밧줄을 던져줄 때는 반드시 한쪽 끝을 잡고 있어라…… 아무리 의도가 좋더라도 슬픔에 빠진 이에게 입증할 수 없는 말은 절대 하지 말라…… 예를 들어 누군가 '그분은 더 좋은 곳으로 가셨어요'라고 한다면, 이때 이 사람은 밧줄의 반대쪽 끝을 잡고 있지 않은 것이다…… '걱정 말아요, 괜찮을 거예요'라고 했다면 이 사람 역시 붙잡을 수 없는 밧줄을 던지는 것이다…… 반면 '밤새도록 휴대전화를 쥐고 있다가 당신 전화번호가 뜨면 언제라도 받을게요'라고 말해준다면 한결 더 낫다. 이는 그 사람이 알 수 있는 사실이고, 또 할 수 있는 일이다. 신뢰해도 되는 밧줄이다."

『슬픔의 위안』이라는 책에서 이 말을 발견했을 때, 나는 위로하는 법을 몰라 괴로워하는 모든 사람들에게 큰 소리로 이 문장을 읽어주고 싶었다. 슬픔에 빠졌을 땐 말이 정말 중요해진다. 그렇게 평소의 "괜찮아!"가 슬픔 앞에선 '무심한 폭력'으로 둔갑한다. 힘내라거나 잘될 거란 말이 그 사람에게 가닿지 못하고 미끄러진다.

위로의 방법을 몰라 무력하게만 느껴질 때 필요한 건 무엇일까. "시간이 약이에요", "다 지나가요. 괜찮을 거예요"처럼 상투적이거나 확인할 수 없는 말보다 그를 위해 차를 끓이거나 밀린 집안일을 돕는 게 낫다.

물에 빠진 사람에게 밧줄을 던졌는데, 내가 그 밧줄을 단단히 붙잡고 있지 않다면 어떻게 될까. 익사 직전의 사람이 천신만고 끝에 그 밧줄을 붙잡는다 해도(오히려 있는 힘껏 붙잡았기 때문에!) 더 밑으로 가라앉게 될 것이다. 섣불리 누군가를 위로해주려는 마음은 불편해진 내 마음의 죄책감을 덜기 위한 행동일 때가 많다.

그렇기 때문에 우리는 큰 슬픔에 빠진 사람을 위해 무엇을 하지 말아야 하는지까지 생각해야 한다. 위로란 우리가 그 사람을 위해 '할 수 있는 것'과 '하지 말아야 할 것' 그 모든 '행동들의 합'이기 때문이다.

"친구야,
널 위해 흘린 내 눈물로 만든 눈물차야.
아직 따뜻할 거야.

특별한 사람만이 남에게 사랑받는 건 아닌 것 같아.
꽃과 새가 태양과 물을 원하는 것처럼 사람과 사람은
서로를 원하도록 만들어져 있는걸."

버트 아저씨의 죽음으로 앤의 슬픔은 끝나지 않는다. 그 이후에 머물게 된 하몬드 아저씨네 아이들은 무려 여덟 명이었기 때문이다(아무래도 너무하다!). 일 하나가 풀리면 그보다 더 나쁜 일이 벌어지는 앤 셜리의 법칙. 하지만 똥 싸는 갓난아기와 집안 물건을 죄다 망가뜨리는 아이들이 가득한 그곳에도 앤에게 숨 쉴 구멍은 있었다. 책을 빌려오고 안아주던 엘리자 언니와 하몬드 부인의 쌍둥이를 받아준 산파 해거티 할머니까지 앤에게는 도움을 주는 많은 친구들이 있었다.

앤이 그들에게 위로받는 건 그들이 앤을 격려하기 위해 특별한 무언가를 해주기 때문은 아니었다. 그들은 그저 앤에게 좋아하는 책을 읽어주고, 첼로 연주를 들려주고, 홍차와 쿠키를 대접하고, 자신이 가꾼 아름다운 꽃밭을 보여준다. 앤의 일을 자기 식대로 판단하지 않고 그저 아이의 얘기를 찬찬히 들어준다. 그곳에 가면 언제나 소소하더라도 확실한 위안이 있었기에 그들을 만나러 가는 앤의 발길은 언제나 가벼웠다.

자신이 흘리는 눈물을 주전자에 조금씩 모아 눈물차를 끓여 마시는 부엉이 이야기를 읽었다. 이 아름다운 그림책 속 주인공은 추운 겨울과 홀로 떠 있는 달이 친구의 전부인 부엉이.

고독한 부엉이는 외로운 것들에 마음이 스칠 때마다 눈물을 뚝뚝 흘린다. 앤이라면 이 외롭고 쓸쓸한 친구에게 이렇게 말하지 않았을까 상상한다.

"친구야, 널 위해 흘린 내 눈물로 만든 눈물차야. 아직 따뜻할 거야."

인디언 말로 친구란 '내 슬픔을 자기 등에 지고 가는 사람'이란 뜻이다. 어려움에 빠지고 나서야 우리는 누가 나에게 튼튼한 밧줄을 던져주는 친구였는지 알 수 있다.

"누구에게나 운이 없는 시절이 있단다.
뭘 해도 남보다 뒤처지고 있는 것 같은 시기가 말이야.
지금은 쉬는 시간이라고 생각하면 돼."

“저도 지금 쉬는 시간일까요?”

“그렇고 말고, 설령 지금은 가장 뒤처져 있더라도 반드시 길모퉁이가 찾아올 거야.”

"언제나 제가 준비한 티파티에 누군가를 초대하고 싶었어요.
차 끓이기는 제 특기거든요."

그냥 좀 쉬어

"선배, 살면 살수록 세상이 더 나빠지는 것 같아. 나이 들면 사는 게 좀 수월해질 줄 알았는데."

후배에게 문자 한 통을 받았다. 오래전부터 잡지계에 정리해고 바람이 불고 있었다. 정식 에디터를 뽑는 대신 외부 필자로 기사를 막는 일이 다반사, 이젠 '팀원 없는 편집팀장'인 친구가 생길 정도다.

개인적으로 '힘내'라는 말을 싫어한다. 라디오 DJ로 일하는 동안, 공무원 시험에 8년째 떨어졌고, 여자친구에게 실연당했고, 회사에 사표 냈다는 사연 앞에서도 '힘내세요'라는 말을 하지 않기 위해 애썼다. 이유는 간단하다. 이미 우리는 너무 힘내며 살고 있다.

'힘내!'의 대표격인 의지력은 마치 근육 같아서 쓸수록 소모된다는 연구 결과를 보고 놀랐다. 의지력이 한정된 자원이라는 것이다. 그제야 낮에 참다가 밤만 되면 야식 욕구가 폭발하는 이유가 낮 동안 소모된 의지력이 바닥난 탓이란 걸 이해했다.

우리는 힘내는 기술을 부지런히 축적해왔다. 당일배송에 샛별배송, 24시간 카페와 마트는 한국인 특유의 성실함이 만든 서비스다. 하지만 '힘내자 기술'이 쌓이는 동안, 사람들은 집단적인 소진 증후군에 걸려 넘어졌다. 그 부작용이 집단적인 우울증에 걸린 사회로 나타나는 것일지도 모른다.

앞만 보고 달려가던 후배에게 말했다.

"고민해서 10분 안에 결론이 안 나는 문제는 사실 걱정해도 별 소용이 없어. 시간이 걸리는 문제는 그냥 놔둬보자. 어디 멀리 떠나겠다는 생각부터가 강박이니까 그냥 좀 쉬어. 예쁜 찻잔에 좋아하는 차를 따뜻하게 마셔. 너를 손님처럼 극진히 대접해줘."

힘들 때, '총량의 법칙'이라는 말을 떠올린다. 기쁨에도, 슬픔에도, 괴로움에도, 총량이 정해져 있어서, 일정한 균형이 맞추어진다고 상상하는 습관이다. 빛이 있으면 그림자가 있고, 낮이 있으면 밤이 있다. 겨울이 길면 봄이 찬란하게 느껴진다. 고통스런 마감이 있기에 한 권의 책도 탄생하는 것이다. 이렇게 상상하면 바늘 하나 들어갈 자리 없이 단단했던 고통도, 조금씩 참을 만한 무엇으로 바뀌곤 했다.

살아가면서 나에게 오는 모든 고통을 피할 수는 없다. 고통을 빠르게 벗어나는 것만이 고통을 극복하는 법도 아니다. 중요한 건 내게 다가온 그 고통의 시간을 잘 보내는 것이다.

앤은 상습 이별자다. 태어나자마자 부모님과 이별했고, 여린 손가락에 굳은살이 박일 법한 고된 생활 중에 유일한 친구였던 엘리자 언니도 결혼 후 집을 떠났으며, 조애너 아주머니 부부를 따라 이사하면서 의지했던 민튼 할머니와도 작별했다.

그럼에도 불구하고 어린 앤이 "생각대로 되지 않는 건 참 멋진 일 같아요! 생각지도 못했던 일이 일어나니까요"라고 말할 수 있었던 이유는 무엇일까. 이어지는 이별에도 슬픔에 총량이 있다고 상상한 건 아닐까. 그렇게 믿었기 때문에 훗날 마릴라 아주머니에게 실패나 실수에도 끝이 있을 거라 믿으며 "아! 아주머니. 내일은 아무 실수도 하지 않은 새날이라고 생각하니 즐겁지 않으세요?"라고 명랑하게 말할 수 있었던 것 아닐까.

"앤, 인생은 좋은 일과 나쁜 일의 반복이란다.
보잘 것 없는 인간의 뜻대로 되지 않는 법이지."

"하지만 네가 그랬었지?
뜻대로 되지 않아서 생각지도 못한 일들이 일어난다고.
괴로운 일이 지나가면 그만큼 멋진 일들이 기다린단다.
앤, 그 멋진 상을 기다리렴."

100년 달력

2000년이 되고 난 후, 100년 달력을 샀다. 홍대 앞 '아티누스'라는 예술 전문 서점이었다. 달력은 커다란 포스터 형식이었는데 신문을 펼친 것보다도 컸다. 그 종이 한 장에 2001년부터 2100년까지 3만 6500일이 빽빽이 인쇄되어 있는 걸 보니, 그중 어느 날 내가 사라질 것이란 생각이 들었다. 생이 얼마나 남아 있는지는 알 수 없지만, 내 죽음이 분명 이 달력 안에 있을 거라고 생각하자, '메멘토 모리(네 죽음을 기억하라)'의 형상을 본 듯 시간이 날카롭고 선명하게 느껴졌다.

집에 돌아와 달력 위에 형광펜으로 미래의 소망을 적었다. 소설가 지망생이었기 때문에 등단이 첫 번째 꿈이었다. 이루어지길 원하는 날짜 위에 가지고 싶은 것, 살고 싶은 집, 가보고 싶은 곳을 적기 시작했다. 그 후 20년이 지난 얼마 전, 상자에 고이 넣어둔 100년 달력을 다시 펼쳐보았다. 안타깝게도 형광펜으로 쓴 글씨가 세월에 날아가 있었다. 희미해서 잘 보이지 않는 그 글자를 몇 번이고 헤아렸는데, 어떤 건 이루어졌고, 어떤 건 진행 중이고, 어떤 건 이루어지지 않았다.

가장 놀란 건 대체 내가 왜 이런 걸 꿈꾸었을까 싶은 것도 많다는 점이었다. 지금으로선 전혀 중요하지 않은 일인데 말이다. 꿈도 소망도 변하는 걸까. 돌이켜보니 시간이 바꾸지 못하는 게 없었다. 시간은 느리지만 꽃을 피우고, 나무를 키워 시원한 그늘을 만든다. 그러니 이루어진 게 성공이고, 이루지 못한 것을 실패라고 말하고 싶지는 않다.

"멋진 시간은 무지개처럼 사라져버리는 거군요.
다음은 언제 올 수 있을지 모르지만 저 잊지 않겠어요."

100년 달력을 보며 앤의 말을 떠올렸다. 시간은 흘러가 버렸고, 다음은 언제 올지 모르겠다. 하지만 내겐 시간이 만든 추억이 남았다. 새해가 되면 장대한 10년 계획을 세우던 야심찬 청춘

"멋진 시간은 무지개처럼 사라져버리는 거군요.
다음은 언제 올 수 있을지 모르지만 저 잊지 않겠어요."

의 시절도 있었다. 하지만 어느 날부터 그러지 않는다. 삶이 계획대로 되지 않는다는 걸 알아서라기보다, 이젠 삶이 직선처럼 흐르지 않는다는 걸 알기 때문이다.

언젠가 나의 요가 선생님이 유독 잘 되지 않는 '시르사 아사나머리로 물구나무 서기'라는 동작 때문에 괴로워하는 내게 이런 말을 한 적이 있다. 요가 매트를 작은 배라고 생각하면 우리는 언제나 내 몸 하나 뉘일 작은 배를 타고 여행을 떠나는 거라고. 그 배가 잘 나갈 때도 있지만, 종종 바람과 파도를 만나 뒤로 후진하거나, 엉뚱한 곳으로 흘러가 버릴 때도 있는 거라고. 그러나 여정이 계속되는 한, 배 위에 서 천천히 노를 젓고 있는 한, 우리는 마침내 조금 더 먼 곳으로 흘러가 한 번도 보지 못한 세상을 만나게 될 거라고 했다.

힘든 나날 속에서 앤은 알고 있었을까. 10년 후, 학교에서 1등을 하고, 대학을 가고, 선생님이 되는 자신의 모습을 말이다. 20년 전으로 돌아가 다시 100년 달력 앞에 선다면 나는 무엇을 소망하고 계획해야 할까.

당신이

'안녕'하길 바라는 마음으로

내 평생의 상처를 알아보는 사람이 생기는 순간,
그 상처는 더 이상 나를 괴롭히지 못한다.
만약 누군가를 평생 사랑할 자격을 얻는다면
그 내밀한 상처를 응시하고 껴안을 때 부여되리라.
이쯤에서 나는 아픈 과거조차 바뀔 수 있다는 걸
있는 힘껏 믿어보고 싶다.

"'작은 노란 집'이라는 말,
너무 행복하게 들리지 않아요?"

누구나
그리워할 곳이 필요하다

명절 고속도로를 가득 메운 긴 차량 행렬을 볼 때마다 태어난 강으로 회귀하는 연어 떼가 떠오른다. 하지만 실제 먼 바다에서 고향의 강으로 다시 돌아오는 연어의 회귀율은 미미하다고 한다. 성장하면서 대부분 다른 포식자에게 잡아먹히기 때문이다. 그래도 우리는 그리운 쪽으로 끌리듯 긴 시간을 돌아 그곳, 고향으로 돌아간다.

내가 유년기를 보냈던 곳은 강남의 오래된 아파트였다. 떠나온 지 오래지만, 내 기억 속에는 아직 세계에서 가장 큰 전나무와 가장 아름다운 벚꽃이 그곳에 있다. 하지만 재건축이 시작되면 40년이 훌쩍 넘은 그 나무들은 어떻게 될까. 100년 후, 서울에 유명인의 생가가 명소로 남을 일이 있을까. 만약 '작가의

집'이란 명패 앞에 아파트 브랜드 명이 적혀 있으면 낭패가 아닐까. 그러나 건축가들조차 대부분 아파트 거주자니, 예술가의 생가들은 거의 재건축으로 사라지게 될 것 같다.

"작은 노란 집. 마당에는 아기 고양이가 놀고 있고 창문에는 산들바람 같은 커튼이 걸려 있어. 엄마는 장밋빛 볼을 가진 아기를 안고 있고 아빠가 그러는 거야. '이 아이 이름을 지었소. 앤 셜리.'"

앤은 자신이 태어난 곳을 모르는 채 자란다. 다만 우연히 길거리에서 만난 부모님의 지인과 조애너 아주머니에게 들은 흩어진 기억을 모아 자신이 태어난 곳이라 여겨지는 장소를 추측할 뿐이다. 태어나자마자 이별부터 배운 앤에게 고향 집을 아는 일은 중요했다. 앤이 길을 잃는 위험을 무릅쓰며 시간이 날 때마다 그곳을 찾기 위해 노력한 것도, 마침내 자신이 태어난 곳으로 짐작되는 노란 집을 찾아낸 것도, 일종의 회귀 본능 때문이었다.

그곳이 앤이 정말 태어난 곳인지 아닌지는 중요한 게 아닐지 모른다. 앤에게는 자신이 태어난 곳이 바로 그 집이라는 '사실'보다 '믿음'이 더 중요했으니까. 내가 자란 집은 이미 사라졌고, 내 유년의 기억은 재건축 아파트로 탈바꿈되었지만 내가 종종 옛 동네를 찾아가 낯선 벤치 위에 앉아 종일 사람들을 관찰하는 것도 내 기억과 믿음은 바뀌지 않기 때문이다. 앤 역시 아빠가 '파도 위에 뜬 요람'이라 부르던 프린스에드워드섬이 마음속 버팀목이었다.

성 빅토르 휴고는 고향을 그리워하는 사람을 허약한 미숙아라고 얘기했지만 나는 쇠약하게 늙어가는 아파트 단지와 단지 내 테니스장, 해 질 녘의 텅 빈 놀이터를 보면 그 시절 누군가를 하염없이 기다리던 기억의 나무 아래 서 있게 된다. 오후만 있던 그 시간에 기대 눈을 감으면 잃어버린 소리가 들릴 것 같다. 테니스공이 저 너머 네트로 넘어오는 소리가, 전나무 사이를 스치고 뺨에 와 닿던 바람 소리가. 누군가의 딸, 아내, 며느리, 직업인이 아닌 오롯이 나로만 살았던 순간들이. 앤에게도 훗날 자신이 찾아낸 노란 집이 그런 곳이었으면 좋겠다. 언제든 돌아가 잠시 쉴 수 있는 곳.

"저, 이 집이 너무 좋아요.
접시도 커튼도 멋진걸요. 할머니 얼굴도요."

시간의 무늬

중학교 때, '가정'이란 과목이 있었다. 실과 바늘을 들고 박음질, 감침질 등을 배웠다. 직접 그린 견본으로 스커트나 블라우스도 재단했다. 그 기억 때문인지 두툼한 천이나 가죽으로 덧댄 옷을 지금도 좋아한다. 오래 쓰거나 입어서 반질반질해진 가구나 가죽 가방을 보면 그 사람의 단정한 생활방식에 감탄하게 된다. '낡은 것'과 '더러운 것'은 다르다는 사실을, 이런 물건들을 보며 깨닫는다.

미니멀리즘을 실천하겠다고 결심한 후, 많은 것들을 버리거나 누군가에게 주었다. 하지만 엄마의 오래된 선글라스는 가지고 있다. 커피광이던 엄마가 그 선글라스를 끼면 하늘이 꼭 믹스커피 색깔처럼 보인다고 했던 선글라스다. 대학생 때 이대 후문

에서 샀던 일명 찢청(찢어진 청바지)도 버리지 않았다. IMF로 나라 전체가 '눈물의 폐업 세일'일 때 명동에서 샀던 아디다스 트레이닝복은 지금도 요가를 할 때 입는다. 이런 물건을 볼 때면 힘들게 지나온 시간을 함께한 친구란 느낌이 든다. 하지만 하나를 사면, 하나를 버리는 식으로 최소한의 것들만 가지고 있으려 애쓰는 편이다.

시간이 갈수록 누군가 자주 써서 찻물이 그릇의 틈새로 스민 찻잔을 바라보는 일이 정겹다. 반짝반짝 윤이 나는 새 물건들을 보는 것보다 나부끼는 커튼이 만들어내는 그림자와 창문 앞 튤립의 그림자를 바라보는 일이 재밌다. 여기저기 찍힌 햇볕의 발자국이 귀엽게 느껴진다.

집 안에 햇빛을 들이는 일이 더 중요해진 후, 빛과 바람이 걸어다닐 만한 빈 공간을 더 많이 만들게 된다. 물건을 치우고 먼지를 닦으면, 인테리어든 사람 사이든 채우는 것보다 비우는 것이 중요하다고 믿게 된다.

며칠 전, 아끼는 양말에 구멍이 났다. 반짇고리에서 빨간색 실을 꺼내 일일이 꿰맸다. 형편없는 바느질 실력이라 구멍을 메운 부분이 꼭 뚱뚱한 하트처럼 보였다. 가만히 보다가, 앤처럼 그 양말에 이름을 붙였다.

뚱뚱한 마음.

앤의 깨알 주근깨처럼 귀여워지는 느낌이다.

"조애너 아주머니는 따뜻한 햇살 아래에서
한 올 한 올 이 숄을 짜셨겠지?
이걸로 엘리자 언니를 감쌌을 때 얼마나 기쁘셨을까?

이 숄의 이름은…… 그래, '엄마의 햇살'이야.
엄마의 햇살은 아주머니 마음의 햇살이야."

너를 위해서라는 거짓말

집으로 돌아가는 엘리베이터 앞에서 초등학생 아이를 꾸짖는 엄마와 마주쳤다. 화가 많이 난 탓인지 그녀는 사람이 있다는 것도 잊은 듯 아이를 심하게 타박했다. 아이가 수긍했다면 멈추었을 목소리는 억울한 듯 이어지는 아이의 변명 때문에 더 증폭됐다.

"왜 이렇게 엄마 말 안 듣니! 이게 다 널 위해서 그런 거잖아! 엄마가 아니라 너를 위해서!"

언젠가 들었던 정혜신 박사의 말이 떠올랐다. 공감을 위해 우리가 지켜야 할 것이 타인에 대해 '충고, 조언, 평가, 판단'하지 말라는 것이었다. 그녀가 말하길, 이런 일이 있었다. 다섯 살 아이가 아침에 눈을 뜨자마자 엄마에게 쪼르르 달려가 이렇게 말했다.

"엄마! 나는 엄마 가슴을 부숴버리고 싶어!"

그 말을 들은 아이 엄마는 깜짝 놀랐다. 대개의 엄마들 역시 이런 경우 아이가 내뱉은 말을 듣고 판단하며 충고했을 것이다. "아가, 그런 말 하면 안 돼. 그건 나쁜 말이야!"라고 아이를 나무랐을 것이다. 하지만 그 엄마는 놀란 마음을 진정시키고 아이에게 왜 엄마 가슴을 부숴버리고 싶으냐고 천천히 물었다. 아이는 눈을 동그랗게 뜨고 엄마 가슴을 부숴서 그 안을 들여다보고 싶다고 말했다. 엄마 가슴속에 뭐가 들어 있을 것 같으냐는 질문에 아이가 말했다.

"밥하고 물, 그리고 하트요."

아이 같은 말투와 생각을 들을 때, 마음이 마시멜로처럼 몽글몽글해진다. 앤이 부드러운 숄을 만지며 "이 숄의 이름은 엄마의 햇살이야. 엄마의 햇살은 아주머니 마음의 햇살이야"라고 말할 때도 그랬다. 그 말을 내뱉었을 때, 앤은 얼마나 엄마가 그립고 보고 싶었을까. 자신에게도 무조건 사랑해주었을 부모님이 있었을까 생각하는 그 어린 마음이 너무 아팠다.

드라마 〈응답하라 1988〉에서 "우리 택이는 (돌아가신) 엄마가

언제 제일로다가 보고잡데?"라고 묻는 이웃 아저씨의 말에 머뭇대다가 택이가 하는 대답은 이랬다.

"매일매일…… 보고 싶어요."

어른스러운 아이는 결코 어른이 아니다. 아이는 그저 환경에 적응했을 뿐이다. 우리는 부모님의 사랑이 얼마나 큰지 잘 안다. 하지만 엄마에 대한 아이의 사랑을, 우리는 잘 모른다.

앤에게는 집안일을 돌보느라 학교에 자주 나오지 못하는 친구 새디가 있다. 새디는 어린 동생 둘에 할아버지까지 챙기며 작은 어른처럼 행동하던 조숙한 아이였다. 하지만 아이는 몸이 약한 엄마가 갑자기 세상을 떠날지도 모른다는 두려움 앞에서야 비로소 자신의 여린 마음을 열어 보인다.

"나 무서워. 만약에 엄마가 없어지면……."

"나도 무서워질 때가 있어. 아빠와 엄마의 얼굴도 모른다고 생각하면 눈앞이 캄캄해져서. 하느님은 후회하고 있을 거야. 빨강머리 여자아이를 남겨두고 엄마를 데려간 걸 분명 후회하고 있어. 그러니까 새디 엄마는 데려가지 않을 거야."

어떤 엄마는 아이를 버릴 수 있다. 하지만 아이는 절대 엄마를 버리지 못한다. 아이는 연약하기에 부모의 말다툼도, 불화도, 심지어 이혼조차 모두 자신의 잘못 때문이라 믿는다. 내가 공부를 열심히 안 해서, 동생이랑 싸워서, 엄마 말을 안 들어서라고 말이다. 자식 사랑은 내리사랑이라 말하지만, 부모에 대한 아이의 이 절대적인 사랑에 대해 우리는 너무 모른다.

솔직해지자. '너를 위해서'라는 그 말은 '내가 생각한 대로' 움직이길 바라는 마음일 때가 많다는 걸. 그 마음속에는 내 욕망을 아이를 통해 이루고 싶은 마음, 아이 때문에 체면 구기고 싶지 않다는 마음도 숨어 있다는 걸 말이다. 그걸 인정할 때, 우리는 아이의 목소리에 제대로 응답할 수 있다.

사랑과 욕망을 구별하지 못하면 '너를 위해서'라고 말하며 강요하는 걸 사랑이라 착각하기 쉽다. 이때 부모는 그저 학부모로만 존재하게 되고, 아이의 마음은 영원히 닫힌다.

"안녕, 작았던 시절의 나.
나는 분명 잘 해낼 거야."

미래의 내가 지금의 나에게

'가면 현상'이라는 말이 있다. 이 용어는 심리학자 폴린 클랜스와 수전 임스가 만들었는데, 성공한 사람들이 자신의 정체성에 대해 느끼는 감정을 세 가지 유형으로 정리한다. 첫째, 사람들은 내 성공을 과대평가하고 있다. 둘째, 내 성공은 운 때문이다. 셋째, 내가 이룬 성공은 대단하지 않다. 내 속마음을 들킨 것 같았다. 방송하는 나, 글을 쓰는 나, 강연하는 나 자신이 낯설 때가 있다. 종종 이 자리에 내가 맞는 사람인지 혼란스럽기도 하다.

재능에 대한 의심이 많고 불안하기 때문에 매일 읽고 쓴다. 청탁 전화가 오면 대개 이틀을 넘기지 않고 원고를 쓴다. 내 경우, 마감 직전의 불안감이 아드레날린을 뿜으며 좋은 원고로

이어지는 게 아니라, 망작으로 엎어지는 경우가 많아서다. 그런데 얼마 전부터 몸살기가 있더니 컨디션이 급격히 나빠졌다. 마감이 코앞이라 괴로웠다. 한 글자도 못 쓰고 있다가, 우연히 이전에 써놓은 원고들을 '발견'했다. 컨디션이 좋던 어느 날, 미리 써두었던 것이다.

"내가 얻은 좋은 기회는 미래의 퍼포먼스가 아니라 과거의 퍼포먼스의 결과다. 과거의 내가 열심히 해서 지금의 나를 만들었고, 지금의 내가 두려워하지 않아야 미래의 내가 더 좋은 기회를 얻으리라. 현재의 내가 누군가에게 고마워해야 한다면 그것은 과거의 나다. 미래의 나여, 현재의 나에게 고마워하길."

『출근길의 주문』에서 이 문장을 발견했을 때, 나는 늘 불안에 시달린 내 안의 나와 만나는 느낌이었다. 뛰어나지 않으니 열심히 해야 하고, 비범하지 않으니 성실하기라도 해야 한다는 주문을 끝없이 외우던 과거의 나 말이다. 그런데 그런 과거의 내가 지금의 나에게 말하고 있었다. 사람들이 읽어볼 만한 괜찮은 원고를 쓸 수 있는 게 바로 너라고.

아! 써놓은 원고를 보니 현재의 내가 과거의 나를 칭찬하고 싶었다. 앤의 보드라운 빨강머리를 쓰다듬듯 그렇게 몇 번이고 쓰다듬으며 잘했다 말해주고 싶었다. 하지만 인간은 한심해서 부정의 기술은 쉽게 습득하고, 긍정과 낙관의 기술 연마는 이토록 어렵다. 게다가 낙관주의는 비관주의에 비해 종종 지적이지 못하다는 의심까지 받는다. 그러니 내가 나를 믿는 일은 얼마나 어려운가.

"앤, 너는 만나는 사람의 마음속에 앤 셜리라는 이름의 행복의 씨앗을 뿌리고 있다. 그 씨앗은 드디어 싹을 틔우고 꽃을 피워 그 사람의 인생을 기쁨으로 채울 거야."

에그맨 아저씨가 앤에게 이 말을 해주었을 때, 앤은 자신에게 다른 사람을 행복하게 해주는 힘이 있다는 걸 깨달았을까. 그렇지 않았을 것이다. 에그맨 아저씨든, 엘리자 언니든, 주위에서 넌 똑똑하고 잘해내고 있다고 아무리 말해줘도, 과거의 내가 지금의 내게 해주는 말만큼 힘이 세지 않다.

"프린스에드워드섬!
아빠가 '파도 위의 요람'이라고 말씀하셨던 곳이에요!"

"네가 가고 싶다고 계속 생각하면
언젠가 반드시 갈 수 있어."

그러므로 인생을 잘 살아내고 싶다면 우리가 해야 할 일은 분명한 것 아닌가. 미래의 내가 지금의 나에게 고마워할 일을 만드는 것이다.

원고를 고친다.
지금 쓰고 있는 이 원고를 한 번 더 고칠 것이다.
미래의 내가 지금의 나에게 고마워할 수 있도록.

내 심장이 열세 살 때처럼 뛰는 순간

영국의 가수 에드 시런의 얼굴에는 붉은 반점이 있었다. 어릴 때 그는 반점을 제거하기 위해 레이저 수술을 받았는데, 마취하는 걸 잊은 의사 때문에 말더듬이 증세가 시작됐다. 소년의 별명은 생강이었다. 그의 머리카락이 빨간색이었기 때문이다. 또래 친구들의 놀림이 계속될수록 말더듬이 증세는 심해졌다. 그를 볼 때마다 나는 홍당무라고 놀림받던 앤을 떠올리곤 했다. 홍당무와 생강. 둘 사이의 차이는 무엇이었을까. 없다고 생각한다.

어린 시절 내 별명은 백여우, 백설기였다. 지독히도 싫어하는 별명의 시절이었다. 거울 속 빨강머리를 바라보며 이렇게 살기 싫다고 느낀 순간이 소년에게도 있었다. 그때 다가온 건 음악이

었다. 그는 말더듬이 증세를 고치기 위해 에미넴의 랩을 따라 불렀다. 속사포처럼 쏟아지는 빠르고 정확한 가사를 들으며 어눌한 발음을 교정했다. 부르고 또 부르는 일은 4년 동안 길거리 공연에서 계속됐다. 누가 듣든 말든, 그런 건 중요하지 않았다.

몇 년 전, 프린스에드워드섬에 갔을 때, 나는 〈빨강머리 앤〉의 주제가와 에드 시런의 〈Thinking out Loud〉를 번갈아 들었다. 가사 속에 등장하는 주근깨 빼빼 마른 빨강머리 앤은 주근깨 빼빼 마른 검정머리 영옥이라 바꿔 불러도 무방했다. 내가 내 이름을 얼마나 싫어했는지 『빨강머리 앤이 하는 말』에도 여러 번 썼지만, 조금 희망적인 건 촌스럽기 그지없는 내 이름을 지금의 나는 싫어하지 않게 됐다는 것이다. 앤이 자신의 이름에 끝내 e를 붙였는지 모르겠다. 하지만 그런 일이 더 이상 중요해지지 않는 순간, 그녀도 알게 될 것이다.

1986년 TV에서 〈빨강머리 앤〉이 방송됐을 때 프린스에드워드섬에 꼭 가보겠다고 다짐했다. 나와 함께 성장한 이 결심은 삶에 꺾여 여러 번 무산됐지만, 나는 내가 언젠가 그곳에 가게 될 거라 믿었다. 그러니 이 네버 엔딩 스토리의 결말은 오직 나만 알 수 있고, 나만이 결정할 수 있었다.

2017년 봄, 3주 분량의 라디오 녹음을 마치고, 날밤을 새며 수십 개의 원고를 마감했다. 인천에서 토론토까지의 비행시간은 13시간 30분, 토론토에서 2시간 대기 후, 3시간 더 연착된 핼리팩스행 비행기를 2시간 30분 동안 타고 호텔에 도착했을 때는 새벽 2시가 넘어 있었다. 꼬박 24시간이 걸리는 고된 일정이었다. 하지만 내가 프린스에드워드섬까지 오는 데 실제로 걸린 31년에 비하면 그쯤은 아무것도 아니었다.

마침내 앤의 집에 도착했을 때, 나는 초록색 지붕집 마당에 핀 금잔화 앞에서 열세 살 아이처럼 방방 뛰었다. 발바닥에 스프링을 장착한 10대처럼 구름까지 힘껏 튀어 올랐다. 내 안의 소녀가 뛰쳐나와 초록색 지붕집을 빙글빙글 도는 순간, 국적이 다른 앤들이 내 옆에서 함께 돌고 있다는 걸 깨달았다. 스물몇 살의 앤, 마흔 몇 살의 앤, 환갑이 훌쩍 넘었을 백발의 앤이 초록색 지붕집을 빙글빙글 돌고 있었다. 그때, 솜털 같은 꽃가루 속을 날아다니던 벌과 나비들이 우리들 주위에서 날개를 비벼대며 요란하게 박수를 치는 것 같았다.

마침내, 드디어, 결국은 이곳까지 왔다는 안도감이 이곳의 사람들을 묶어주고 있었다. 어린 시절 누구에게나 빨강머리가

존재한다. 마음속 프린스에드워드섬이 있다. 그리하여 마침내, 드디어, 결국은 이곳에 도착했다는 마음들이 나비처럼 날아오르고 있었다. 어린 앤도 그랬다.

에드 시런의 많은 히트곡들에 달려 있는 댓글 중 여전히 놀라운 건 그의 더벅머리가 사랑스럽고, 그의 빨강머리가 너무 귀엽다는 것이다. 사실 그의 외모는 예나 지금이나 똑같다. 그러니 생강이 장미가 되는 기적이 일어난 것이 아니라 그것을 바라보는 시선이 바뀐 것뿐이다. 앤의 빨강머리가 검정머리로 바뀌는 기적이 생긴 게 아니라, 소녀를 바라보는 누군가의 시선이 바뀐 것뿐이다.

내 평생의 상처를 알아보는 사람이 생기는 순간, 그 상처는 더 이상 나를 괴롭히지 못한다. 만약 누군가를 평생 사랑할 자격을 얻는다면 그 내밀한 상처를 응시하고 껴안을 때 부여되리라. 이쯤에서 나는 아픈 과거조차 바뀔 수 있다는 걸 있는 힘껏 믿어보고 싶다.

〈Thinking out Loud〉를 듣던 그날, 나는 앤의 집 창가에서 에드 시런의 가사처럼 앤을 오랫동안 사랑할 거라는 걸 알았다. 그리고 내 심장은 여전히 열세 살 때처럼 뛸 거란 것도.

"안녕이라고는 말하지 않을게.
앤이라는 이름의 꽃은 앞으로도 계속
우리 마음속에 피어 있을 테니까."

"길에서 넘어져 고개를 들었을 때
민들레 사이로
네잎클로버를 발견했어요!"

그래,
앤이라서 다행이었다

'호르메시스Hormesis'라는 말이 있다. 인체에 해롭기는 하지만 소량이라면 과잉 반응을 촉진해 유익하게 작용하는 현상을 뜻한다. 독살을 피하기 위해 소량의 독을 매일 마셨다는 백작의 얘기가 그런 경우다. 병원균에 미리 노출시키는 예방주사도 같은 원리이다. 파도 소리나 카페의 소음처럼 집중력을 강화시키는 백색소음은 어떤가. '외상 후 스트레스 장애'가 아닌 '외상 후 성장'이라는 주목할 만한 심리학 용어도 있다. 더 나아가면 채소의 장점이 비타민이 아니라 오히려 독성이라고 주장하는 약리학자도 있다. 손발이 없는 식물이 다양한 해충에게 대항하기 위해 내뿜는 것이 강력한 독성인데, 이 독성 물질이 오히려 우리의 몸을 강하게 한다는 것이다.

나는 이 어려운 말이 잊히지 않도록 노트에 크게 써놓았다. 어린 앤이 겪은 이 모든 고통이 '호르메시스'였다고 믿고 싶은 건, 아이의 유년기가 너무 가혹해 차마 그 속을 일일이 들여다보고 싶지 않아서였는지도 모른다. 초록색 지붕집의 아이가 되기 전까지, 앤은 모두 두 명의 죽음을 겪는다. 둘 다 자신을 맡아주던 아저씨들이다. 끝도 없이 기저귀를 갈고, 집안을 치우고, 설거지를 하고, 무려 열 명이 넘는 아이들을 돌보는 일도 했다. 아이는 제대로 쉬지 못했고, 늘 지쳐 있었다. 이 모든 것을 감당하기엔 앤은 너무 어렸다. 그럼에도 불구하고 캔디처럼, 하니처럼, 『작은 아씨들』의 조처럼 씩씩한 앤에게서 나는 늘 염치없이 힘을 얻었다. 너도 힘을 내는구나, 이 힘든 일을 견디는구나, 그렇다면…… 나도 너처럼 용기를 내봐야겠다.

시간이 촉박할 때 우리는 조금 더 강력한 집중력을 발휘한다. 첫 소설 『스타일』을 쓸 때, 나는 호주의 한 여행사가 운영하는 대형 코치를 타고 9개국 청년들과 유럽을 취재 중이었다. 덕분에 글을 쓸 수 있는 시간은 모든 일정이 끝난 저녁 8시 이후였다. 25일간의 여정 동안, 나는 매일 호텔방으로 돌아와 하루 대여섯 시간씩 글을 쓰기 시작했다. 그렇게 2주 동안 1,200매

짜리 소설 한 권을 썼다. 작가 생활 십수 년 동안 이틀에 한 번 꼴로 도시와 국가를 이동하며 글을 쓴 적도, 국적에 따라 발음과 표현이 서로 다른 영어가 난무하는 곳에서 그런 미친 속도로 원고를 완성한 적도 없었다. 다만 이런 속도와 집중력은 다음 날 어김없이 진행되는 취재와 인터뷰 일정의 압박 때문이었다. 글을 쓰기에는 시간이 부족했기 때문에 시간의 빈틈을 모조리 찾아 사용한 것이다.

호르메시스를 이해하면 스트레스가 무조건 나쁘다는 생각을 버리게 된다. 어린 시절의 상처가 트라우마가 될 것이라는 자기 암시나 예언에 침착히 대응할 수 있다. 적당한 소음이 있는 카페에서 공부가 더 잘되는 역설은 우리가 어떻게 스트레스의 양을 조절할 것이냐와 직결되어 있다. 그렇기에 나심 탈레브의 『안티프래질』에 나온 이 문장을 발견하고, 내가 얼마나 환호했는지 상상하기 힘들 것이다.

> "우리는 이런 (호르메시스) 현상을 해로운 물질로부터 얻는 혜택의 관점이 아니라, '해로움 혹은 약효는 복용량'에 달려 있다는 관점에서 해석해야 한다!"

어떤 스트레스는 사람을 나아가게 만들지만, 어떤 스트레스는 사람을 파괴한다. 중요한 건 스트레스 자체가 아니라 그것의 '양'이다. 근력운동이나 달리기처럼 우리 몸은 어느 정도 몰아붙이면 더 건강해진다. 그러나 운동이 너무 과하면 문제가 생긴다. 근육이 강화되는 게 아니라 파열되거나 손상된다. 혹독한 환경 속에 노출됐던 어린 앤에게 엄마 같은 엘리자 언니와 고양이 로킨바가 없었다면 어땠을까? 돌봄 노동에서 잠시 해방돼 쉬어갈 에그맨 아저씨의 오두막이나 해거티 할머니의 정원이 없었다면…….

아이에게 어른이 필요한 순간은 아이가 힘들어할 때가 아니다. 그 모든 순간이다. 앤이 어려움을 겪을 때마다 아이 곁을 지켰던 그 모든 존재들이 아이의 불행을 견딜 만한 것으로 만들어주었다고 생각한다.

'다행'이란 말을 입에 달고 사는 여섯 살짜리 그 아이가 조숙해 보이면 보일수록 어른인 내 마음에는 먹구름이 끼고 비가 내렸다. 하지만 넘어진 풀밭에서 '네잎클로버!'를 발견하고 좋아하는 이 아이의 낙천성에 그만 다시 빠져버리고 말았다.

그래, 앤이었다.

앤이라서 다행이었다.

그런 너라서.

너를 좋아한 나라서.

루시 M. 몽고메리 협회와 캐나다 정부가 공식 인정한 「앤 시리즈」의 마지막 작품 『빨강머리 앤이 어렸을 적에Before Green Gables』를 바탕으로 제작된 애니메이션 〈안녕 앤こんにちは アン〉은 앤 셜리가 프린스에드워드섬의 초록색 지붕집에 오기 전까지의 이야기를 그리고 있다.

태어나자마자 부모님을 여의고, 가난한 토마스가에서 어린 시절을 보낸 앤. 소중한 사람들과의 이별을 몇 번이나 경험하면서, 인생은 뜻대로 되지 않는다는 걸 배운다. 결국 노바스코샤 고아원에 들어가며 절망하지만, 주위 사람들의 도움으로 꿈에 그리던 프린스에드워드섬으로 떠나면서 인생 처음 꿈에 다가서는 순간을 맞는다.

"지금 이 세상 누군가에게 행복한 일이 일어나고 있다면,
언젠가 나에게도 행복이 찾아올 거예요."

여섯 살의 앤 셜리 조애너 아주머니 집에 얹혀살며 또래 아이들을 돌보고 집안일을 하느라 하루하루 고되지만, 언젠가는 행복이 자신을 좋아해줄 거라며 매 순간 삶을 긍정하는 사랑스러운 아이.

초록색 지붕집에 오기 전, 앤과 함께 울고 웃던 사람들

"앤, 너란 아이는
어쩜 그렇게 미운 짓만 골라 하는지!"

조애너 아주머니 앤의 집에서 가정부로 일했던 인연으로, 고아가 된 아기 앤을 데려와 길러주었다. 팍팍한 살림살이에 자주 짜증을 부리지만 사실 앤에게 의지할 때가 많다. 말은 밉게 해도 정이 많은 사람.

"이런 집구석에서도 웃을 수 있다니,
신기한 아이로군."

버트 아저씨 주정뱅이에 일용직을 전전한다. 늘 비관적이고 냉소적이지만, 막내 노아가 세상을 떠날 위기를 겪으면서 가족의 소중함을 깨닫고 의욕을 되찾아 살아보겠다고 마음먹는다.

"앤이 곁에 있어주는 것만으로도
내 마음이 편해져."

엘리자 버트 아저씨와 조애너 아주머니의 첫째 딸. 앤에게 책을 읽어주고 앤의 상상력 넘치는 이야기에 귀 기울여주는 등 마치 친동생처럼 돌봐준다.

"괴로운 일이 지나가면
그만큼 멋진 일들이 기다린단다."

민튼 할머니 구두쇠로 소문난 무서운 할머니. 어린 나이에 세상을 떠난 딸을 그리워하던 중 앤에게 특별한 애정을 갖는다.

"고양이는 나를 빨강머리라고
비웃지 않겠죠?"

고양이 로킨바 민튼 할머니에게 선물 받은 아기 고양이. 노을을 닮은 오렌지 색깔 털을 갖고 있다.

"혼이 나더라도 상상을 멈춰선 안 돼.
난 상상력의 편이란다."

에그맨 아저씨 달걀 장수이면서 첼로를 연주하고 그림을 그리는 등 수수께끼 같은 털북숭이 아저씨. 사랑했던 연인을 동생에게 빼앗긴 슬픈 과거 때문에 숲에서 혼자 살지만, 앤과 둘도 없는 친구가 된다.

"여자아이에게도
꿈을 꿀 권리가 있어요."

핸더슨 선생님 앤의 첫 담임선생님. 누구든, 무엇이든 할 수 있다는 메시지를 아이들에게 전하며 모든 꿈에 용기를 불어넣어 준다. 에그맨 아저씨를 짝사랑하는 중.

"잊지 마,
우린 언제나 네가 참 좋다."

새디, 밀드렛, 랜돌프 몸이 약한 엄마를 도와 집안일을 하는 새디, 마을 유지의 외동딸이지만 늘 외로운 밀드렛, 고아라는 이유로 앤을 괴롭히는 랜돌프까지 앤에게 세상의 아이들이 모두 다르다는 걸 알려준 친구들이다.

책 속의 책

가쿠타 미쓰요, 『무심하게 산다』, 북라이프, 2017
김훈, 『자전거여행』, 문학동네, 2019
나심 탈레브, 『안티프래질』, 와이즈베리, 2013
론 마라스코, 브라이언 셔프, 『슬픔의 위안』, 현암사, 2019
메리 파이퍼, 『나는 심리치료사입니다』, 위고, 2019
수전 케인, 『콰이어트』, 알에이치코리아, 2012
이다혜, 『출근길의 주문』, 한겨레출판, 2019
조 페슬러 외, 『이 문장은, 내 삶을 완전히 바꾸어 놓았다』, 위즈덤하우스, 2019
조앤 디디온, 『상실』, 시공사, 2006
조지 베일런트, 『행복의 비밀』, 21세기북스, 2013
칼 뉴포트, 『열정의 배신』, 부키, 2019
캘리 맥고니걸, 『스트레스의 힘』, 21세기북스, 2015